小説 アニメ 葬送のフリーレン 1

時海結以／著
山田鐘人・アベツカサ／原作
鈴木智尋／脚本

★小学館ジュニア文庫★

——アニメ——

小説

葬送のフリーレン

FRIEREN

VOL. 1

CONTENTS

大陸《たいりく》の遥《はる》か北《きた》の果《は》て。

この世界《せかい》の人々《ひとびと》が

天国《てんごく》と呼《よ》ぶ場所《ばしょ》、

魂《オレオール》の眠る地にたどりついた。

そこは多《おお》くの魂《たましい》が集《あつ》まる場所《ばしょ》で、

私《わたし》はかつての

戦友《せんゆう》たちと対話《たいわ》した。

大魔法使《だいまほうつか》いフランメ

1 冒《ぼう》険《けん》の終《お》わり

中央諸国《ちゅうおうしょこく》の王都《おうと》へむかう街道《かいどう》を、荷馬車《にばしゃ》が一台《いちだい》、ガタン、ガタガタゴトン、と車輪《しゃりん》を鳴《な》らしながらのんびりと進《すす》んでいく。

空《そら》はよく晴《は》れ、見渡《みわた》す限《かぎ》り花咲《はなさ》く草原《そうげん》と小鳥《ことり》のさえずる林《はやし》、ところどころに畑《はたけ》や牧草地《ぼくそうち》が広《ひろ》がり、日《ひ》の光《ひかり》に照《て》らされて植物《しょくぶつ》の緑《みどり》が美《うつく》しい。吹《ふ》きぬけるそよ風《かぜ》も爽《さわ》やかだ。

荷馬車《にばしゃ》の荷台《にだい》に寝転《ねころ》がり、エルフの魔法使《まほうつか》いフリーレンは魔導書《まどうしょ》を読《よ》んでいた。

「フリーレン」

仲間《なかま》の勇者《ゆうしゃ》ヒンメルが名《な》を呼《よ》んだので、フリーレンは魔導書《まどうしょ》から顔《かお》を上《あ》げ、むくり、と上体《じょうたい》を起《お》こした。

荷馬車《にばしゃ》の荷台《にだい》には、フリーレンの他《ほか》に三人《さんにん》が乗《の》っている。

剣《けん》を手《て》にしている勇者《ゆうしゃ》ヒンメル。

眼鏡《めがね》をかけ、長身《ちょうしん》の僧侶《そうりょ》ハイター。

小柄《こがら》だが屈強《くっきょう》な体《からだ》つき、兜《かぶと》の下《した》から長《なが》いひげが伸《の》びるドワーフの戦士《せんし》アイゼン。

そして、見《み》た目《め》は少女《しょうじょ》のような姿《すがた》で、髪《かみ》をふたつ結《むす》びにしてなびかせるフリーレン。

この四人《よにん》は十年間《じゅうねんかん》ともに旅《たび》をしてきた仲間《なかま》だった。

ヒンメルの見《み》やる方角《ほうがく》をフリーレンが追《お》うと、高《たか》い城壁《じょうへき》に囲《かこ》まれた城壁都市《じょうへきとし》が丘《おか》のむこうに姿《すがた》を現《あらわ》していた。

「王都《おうと》が見《み》えてきたね」

とフリーレンが言《い》うと、ハイターがこたえた。

「私《わたし》たち勇者一行《ゆうしゃいっこう》の凱旋《がいせん》です。盛《も》り上《あ》がっているでしょうね」

白《しろ》い石造《いしづく》りの城壁《じょうへき》を四人《よにん》はまぶしく見《み》つめた。

ヒンメルがつぶやく。

「……帰《かえ》ったら、仕事《しごと》さがさないとな……」

フリーレンはヒンメルに視線《しせん》を移《うつ》し、聞《き》いた。

「もうそんなこと考《かんが》えているんだ」

「大事《だいじ》なことさ。魔王《まおう》を倒《たお》したからといって、終《お》わりじゃない。この先《さき》の人生《じんせい》のほうが長《なが》いんだ」

ヒンメルの瞳《ひとみ》は道《みち》の先《さき》を見据《みす》えている。瞳《ひとみ》の下《した》、左目尻《ひだりめじり》に泣《な》きぼくろがある。

その言葉《ことば》を耳《みみ》にして、アイゼンとハイターも小《ちい》さくうなずいて言《い》った。

「仕事《しごと》か……」

「酒《さけ》が飲《の》める仕事《しごと》がいいですね」

戒律《かいりつ》が厳《きび》しい聖職《せいしょく》である僧侶《そうりょ》にもかかわらず、ハイターは酒好《さけず》きなのだ。

ヒンメルがあきれる。

「お前《まえ》、僧侶《そうりょ》だろ……」

もうすっかりおなじみのやりとりに、フリーレン以外《いがい》、男三人《おとこさんにん》が笑《わら》った。

これで本当《ほんとう》に魔王討伐《まおうとうばつ》の冒険《ぼうけん》の旅《たび》は終《お》わる……フリーレンは、

「それもそうか」

とつぶやくと、再《ふたた》び魔導書《まどうしょ》に視線《しせん》を落《お》とした。

感慨《かんがい》のない様子《ようす》のフリーレンに、ヒンメルが問《と》いかける。

「……フリーレン。君《きみ》のこの先《さき》の人生《じんせい》は僕《ぼく》たちには想像《そうぞう》もできないほど、長《なが》いものになるんだろうね」

フリーレンはエルフだ。人間《にんげん》の寿命《じゅみょう》とは比較《ひかく》にならないほど長《なが》い年月《ねんげつ》を生《い》きている。

「……そうかもね」

にべもなくフリーレンはひとことだけ返《かえ》した。

風《かぜ》が吹《ふ》いて頭上《ずじょう》の枝《えだ》が揺《ゆ》らぎ、木《こ》の葉《は》がざわめく。色《いろ》とりどりに草原《そうげん》を飾《かざ》る花々《はなばな》も、やさしい風《かぜ》に身《み》を任《まか》せて揺《ゆ》れている。

草原《そうげん》を貫《つらぬ》く街道《かいどう》の乾《かわ》いた道《みち》を、ゆっくりと、馬《うま》の蹄《ひづめ》のたてる音《おと》と車輪《しゃりん》の軋《きし》む音《おと》を響《ひび》かせて荷馬車《にばしゃ》が行《い》く。


やがて、四人《よにん》は王都《おうと》を囲《かこ》む城壁《じょうへき》の前《まえ》におり立《た》った。

城門《じょうもん》をくぐると、王城《おうじょう》へむかう大通《おおどお》りには仮《かり》ではあるが豪華《ごうか》に飾《かざ》られた凱旋門《がいせんもん》が設《もう》けられ、旗《はた》やガーランドで大通《おおどお》りの頭上《ずじょう》が華《はな》やかに彩《いろど》られている。

城門《じょうもん》で待《ま》ち構《かま》えていた王宮役人《おうきゅうやくにん》たちによって勇者一行《ゆうしゃいっこう》の帰還《きかん》が城下《じょうか》に知《し》らされ、四人《よにん》は騎馬隊《きばたい》に先導《せんどう》されて徒歩《とほ》でパレードをする。

パレードの先触《さきぶ》れをする王宮楽隊《おうきゅうがくたい》が吹《ふ》き鳴《な》らす管楽器《かんがっき》やとどろく太鼓《たいこ》の音《ね》に、城下《じょうか》の家《いえ》という家《いえ》から人々《ひとびと》が出《で》てきて手《て》を振《ふ》り、歓声《かんせい》をあげ、大量《たいりょう》の花《はな》びらがまかれて宙《ちゅう》を舞《ま》った。

歓喜《かんき》にあふれた街《まち》の人々《ひとびと》にヒンメルは愛想《あいそ》をふりまくが、フリーレンはたんたんと歩《ある》いている。

熱狂《ねっきょう》の凱旋《がいせん》パレードを終《お》えて王城《おうじょう》に着《つ》いた四人《よにん》は、謁見《えっけん》の間《ま》で王《おう》からいたわりの言葉《ことば》を授《さず》けられた。

「勇者《ゆうしゃ》ヒンメル、戦士《せんし》アイゼン、僧侶《そうりょ》ハイター、魔法使《まほうつか》いフリーレン。此度《こたび》はよくぞ魔王《まおう》を打《う》ち倒《たお》した。……これで世界《せかい》に平和《へいわ》な時代《じだい》が訪《おとず》れよう」

勇者一行凱旋《ゆうしゃいっこうがいせん》の宴《うたげ》は、王城《おうじょう》の大広間《おおひろま》から城下《じょうか》の街《まち》にいたるまで各所《かくしょ》でくり広《ひろ》げられ、大《おお》いに盛《も》り上《あ》がった。

魔法使《まほうつか》いが魔法《まほう》で作《つく》りだす花火《はなび》が夜空《よぞら》に美《うつく》しい絵《え》を描《えが》く中《なか》、四人《よにん》も広場《ひろば》で屋台《やたい》の食《た》べ物《もの》を味《あじ》わっていた。

たくさんのランタンが明《あか》るく照《て》らす広場《ひろば》では、楽団《がくだん》の奏《かな》でる陽気《ようき》な調《しら》べで人々《ひとびと》が踊《おど》り、吟遊詩人《ぎんゆうしじん》がリュートを爪弾《つまび》きながら即興《そっきょう》で唄《うた》う勇者一行《ゆうしゃいっこう》の物語《ものがたり》を、子《こ》どもたちが輪《わ》になって聞《き》いている。

はしゃいで走《はし》り回《まわ》る子《こ》どもたちをよけながら、フリーレンが新《あたら》しい料理《りょうり》を器《うつわ》いっぱいに盛《も》ってテーブルにもどってくると、ヒンメルが機嫌《きげん》よく話《はな》しかけてきた。

「王様《おうさま》が広場《ひろば》に僕《ぼく》たちの彫像《ちょうぞう》を作《つく》ってくれるそうだ。まぁ、イケメンであるこの僕《ぼく》を忠実《ちゅうじつ》に再現《さいげん》できるかどうかは、はなはだ疑問《ぎもん》だがね」

得意《とくい》げに鼻《はな》を鳴《な》らすヒンメルの隣《となり》で、アイゼンはもくもくとパンをちぎって食《た》べ、ハイターは大《おお》きなジョッキで酒《さけ》をあおっている。

フリーレンは、その王《おう》の配慮《はいりょ》とやらにあきれた。

「現金《げんきん》なもんだ。旅立《たびだ》ちのときは銅貨《どうか》十枚《じゅうまい》しかくれなかったくせに」

あきれついでに揚《あ》げ物《もの》を、ひと口《くち》でぱくり、といただく。

すっかり酔《よ》っぱらって赤《あか》い顔《かお》をしたハイターがフリーレンをなだめた。

「まあまあ、フリーレン。こうしてタダ酒《ざけ》も飲《の》めるわけですし、それでいいじゃないですか」

咀嚼《そしゃく》した揚《あ》げ物《もの》をごくりと飲《の》みこんで、フリーレンはいつものようにツッコんだ。

「生臭坊主《なまぐさぼうず》……」

「はっはっは」

とハイターは笑《わら》った。

腹《はら》が満《み》たされた四人《よにん》が広場《ひろば》から城下《じょうか》の街《まち》を見《み》おろすと、暖《あたた》かな色《いろ》をした灯火《とうか》に満《み》たされた建物《たてもの》、広場《ひろば》、窓辺《まどべ》が夢《ゆめ》のように美《うつく》しい。

幸《しあわ》せで平和《へいわ》で心《こころ》が温《あたた》まるけれど、本当《ほんとう》に夢《ゆめ》のようで、どこか儚《はかな》くて……。

街《まち》の灯火《とうか》を瞳《ひとみ》に映《うつ》し、アイゼンが静《しず》かに言《い》った。

「……終《お》わってしまったな」

ヒンメルも一歩前《いっぽまえ》に出《で》て城下《じょうか》の街《まち》をながめ渡《わた》し、こたえた。

「そうだね……」

三人《さんにん》のほうをふりむき、ヒンメルが告《つ》げた。

「僕《ぼく》たちの冒険《ぼうけん》はこれで終《お》わりだ」

まぶたの裏《うら》に光景《こうけい》を映《うつ》すためか目《め》を閉《と》じながら、ハイターがしみじみとつぶやいた。

「十年《じゅうねん》ですか……いろいろなことがありましたね。旅立《たびだ》ちの日《ひ》にヒンメルとアイゼンが王《おう》様《さま》にタメ口《ぐち》きいて、処刑《しょけい》されかけたり」

十年前《じゅうねんまえ》、ヒンメルとハイターはアイゼンとフリーレンを仲間《なかま》に加《くわ》え、人々《ひとびと》を襲《おそ》って命《いのち》を奪《うば》い人間《にんげん》の世《よ》をおびやかす魔族《まぞく》と、その首領《しゅりょう》である魔王討伐《まおうとうばつ》の旅《たび》に出《で》ることにした。

討伐《とうばつ》への王《おう》の公認《こうにん》と金銭的《きんせんてき》な支援《しえん》を期待《きたい》したが、無礼《ぶれい》な言葉遣《ことばづか》いで王《おう》の機嫌《きげん》を損《そこ》ね、ヒンメルとアイゼンはその場《ば》で首《くび》を斬《き》られそうになった。

アイゼンが覚悟《かくご》を決《き》め、ヒンメルが泣《な》き騒《さわ》ぐ中《なか》、『やれ』と衛兵《えいへい》に命《めい》じる王《おう》を、フリーレンとハイターが必死《ひっし》でとりもった。

『ちゃんと言《い》い聞《き》かせますんで!』

『靴《くつ》なめましょうか?』

ハイターのへりくだりすぎた発言《はつげん》はともかく、必死《ひっし》の懇願《こんがん》に王《おう》は四人《よにん》を解放《かいほう》してくれた。

旅費《りょひ》は銅貨《どうか》十枚《じゅうまい》しかもらえなかったが。


そんなことを思《おも》い出《だ》し、フリーレンは言《い》った。

「下手《へた》したら、あそこで冒険終《ぼうけんお》わってたよね」

うんうん、と三人《さんにん》がうなずく。

そういえば、とヒンメルが思《おも》い出《だ》し笑《わら》いをしながら続《つづ》けた。

「ハイターが二日酔《ふつかよ》いで役《やく》に立《た》たなかったこともあったな」

旅《たび》の道中《どうちゅう》の深《ふか》い森《もり》には、たびたび魔物《まもの》が出現《しゅつげん》した。

付近《ふきん》の村人《むらびと》に頼《たの》まれて、フリーレンたちは危険《きけん》な魔物《まもの》を退治《たいじ》することもよくあった。

……が、前夜《ぜんや》に宿場町《しゅくばまち》の酒場《さかば》で飲《の》みすぎたハイターは、二日酔《ふつかよ》いでふらふら、顔色《かおいろ》は腐《くさ》った野菜《やさい》のよう、視界《しかい》はぐにゃりと歪《ゆが》んでまともに歩《ある》けない様子《ようす》だ。

フリーレンがハイターにたずねる。

『アンデッドみたいな顔色《かおいろ》してるけど、大丈夫《だいじょうぶ》？』

『……駄目《だめ》』

そう言《い》ってくずおれそうになるハイターに、

『駄目《だめ》かぁ……』

と、ヒンメルもあきれたものだった。


あのころを回想《かいそう》しつつアイゼンが証言《しょうげん》した。

「週《しゅう》に一度《いちど》はそうだったからな」

「その点《てん》、私《わたし》は優秀《ゆうしゅう》……」

胸《むね》を張《は》るフリーレンにアイゼンがツッコむ。

「ミミックに食《く》われかけたときは、置《お》いていこうかと思《おも》ったぞ」

宝物《たからもの》が隠《かく》された迷宮《ダンジョン》の奥《おく》で宝箱《たからばこ》に姿《すがた》を偽装《ぎそう》した魔物《まもの》ミミックに、フリーレンはよくひっかかった。

宝箱《たからばこ》の中《なか》に上半身《じょうはんしん》をつっこんだとたん、がぶりとかまれて、『暗《くら》いよー！　怖《こわ》いよー！』とじたばたする。

ヒンメルも言《い》う。

『さんざん罠《わな》だって言《い》ったのに、マジかよ……』

アイゼンがヒンメルに聞《き》く。

『このエルフ、置《お》いてかない？』

またまたあのころを回想《かいそう》して、彼《かれ》らは「あったなぁ」「懐《なつ》かしい」と笑《わら》いあった。

笑顔《えがお》のまま、ヒンメルが小《ちい》さな吐息《といき》とともにつぶやく。

「……まったく、クソみたいな思《おも》い出《で》しかないな」

一同《いちどう》、同《おな》じ気持《きも》ちでうなずく。

「でも、楽《たの》しかったよ」

と、ヒンメルは仲間《なかま》たちをまっすぐに見《み》つめた。

「僕《ぼく》は君《きみ》たちと冒険《ぼうけん》ができてよかった」

「そうですね」

ハイターがこたえると、フリーレンも言《い》った。

「短《みじか》い間《あいだ》だったけどね」

ヒンメルがきょとんとなり、フリーレンを見《み》やってたずねた。

「……短《みじか》い？　何《なに》を言《い》ってるんだ？　十年《じゅうねん》だぞ？」

問《と》いかけの意図《いと》がよくわかっていない様子《ようす》のフリーレンに、ヒンメルがたたみかける。

「ハイターを見《み》ろ。すっかりおっさんになってしまったぞ」

「失礼《しつれい》ですよ」

とやんわりヒンメルをたしなめるハイターに、フリーレンはあっさりこたえる。

「……もとからでしょ」

「失礼《しつれい》ですよ」

ふーん、とあまり関心《かんしん》のない表情《ひょうじょう》でフリーレンは手《て》にしていた揚《あ》げ物《もの》をまた頰張《ほおば》った。

そのとき、夜空《よぞら》に明《あか》るい光《ひかり》が流《なが》れた。

「……そろそろか」

アイゼンが気《き》づき、夜空《よぞら》を見《み》あげる三人《さんにん》の視線《しせん》を追《お》って、フリーレンも上空《じょうくう》をふりあおぐ。

流《なが》れ星《ぼし》が暗《くら》い天空《てんくう》を横切《よこぎ》る。

その数《かず》はたちまちに増《ふ》え、いくつもの光《ひかり》が次《つぎ》から次《つぎ》へと、あるいは複数同時《ふくすうどうじ》に、夜空《よぞら》を横切《よこぎ》っては溶《と》けるように消《き》える。

青白《あおじろ》い光《ひかり》を放《はな》つ流《なが》れ星《ぼし》は、花火《はなび》や灯火《とうか》よりもさらに儚《はかな》く、幻想的《げんそうてき》で、美《うつく》しかった。

ほどなく流《なが》れ星《ぼし》は群《む》れとなり、絶《た》え間《ま》なく降《ふ》り注《そそ》ぐ光《ひかり》の矢《や》のごとくになる。

ハイターが聞《き》いた。

「半世紀流星《エーラりゅうせい》、でしたっけ」

ヒンメルがこたえる。

「五十年《ごじゅうねん》に一度《いちど》の流星群《りゅうせいぐん》。平和《へいわ》な時代《じだい》の幕開《まくあ》けにはちょうどいいな」

流《なが》れ星《ぼし》の群《む》れに見入《みい》りながら、ヒンメルが声《こえ》をもらした。

「きれいだな……」

フリーレンがぼそりと言《い》う。

「街中《まちなか》だと見《み》えにくいね」

灯火《とうか》が明《あか》るすぎるのだ。

ヒンメルが諭《さと》した。

「人《ひと》が感動《かんどう》しているんだ、空気《くうき》を読《よ》みたまえ」

するとフリーレンはヒンメルをちらりと見《み》てから、前《まえ》を見据《みす》えてこともなげに言《い》った。

「……じゃあ、次《つぎ》。五十年後《ごじゅうねんご》、もっときれいに見《み》える場所《ばしょ》知《し》ってるから、案内《あんない》するよ」

あまりにも当《あ》たり前《まえ》のように言《い》うので、ヒンメルがつい笑《わら》ってしまう。

「ふふっ」

「何《なに》？」

ヒンメルは城壁《じょうへき》の石垣《いしがき》にひじをついて身《み》を預《あず》ける。

「……いや、なんでもない」

ヒンメルがつぶやく。

「……そうだな。みんなで見《み》よう」

翌朝《よくあさ》。

今日《きょう》もよく晴《は》れている。

小鳥《ことり》が気持《きも》ちよさそうにさえずり交《か》わす。

王都《おうと》の城壁《じょうへき》のすぐ外《そと》。

小川《おがわ》を渡《わた》る小《ちい》さな石橋《いしばし》のたもとで、遠《とお》くへと歩《ある》きだそうとしたフリーレンは、思《おも》いついたようにふりむくと、見送《みおく》るヒンメルたち三人《さんにん》に別《わか》れを告《つ》げた。

「じゃあ、私《わたし》はここで」

ヒンメルがたずねた。

「……これからどうするつもりだ？」

「魔法《まほう》の収集《しゅうしゅう》を続《つづ》けるよ。百年《ひゃくねん》くらいは中央諸国《ちゅうおうしょこく》をめぐる予定《よてい》だから。まぁ、たまには顔《かお》を見《み》せるよ」

また明日《あした》、というのと変《か》わらない態度《たいど》できびすを返《かえ》し、トランクひとつを手《て》にしたフリーレンは森《もり》の中《なか》へ続《つづ》く道《みち》を歩《あゆ》んでゆく。

手《て》を振《ふ》ってその背《せ》を見送《みおく》りながら、ハイターがぽつりと言《い》った。

「エルフの感覚《かんかく》はわかりませんね」

「まったくいつから生《い》きているのやら」

と、ヒンメルが同意《どうい》する。

ハイターは小《ちい》さな笑《え》みを浮《う》かべてつぶやいた。

「五十年《ごじゅうねん》も百年《ひゃくねん》も、彼女《かのじょ》にとっては些細《ささい》なものなのかもしれませんね」

去《さ》るフリーレンの姿《すがた》が小《ちい》さくなり、森《もり》の木々《きぎ》の間《あいだ》に溶《と》けこんでいった。


それから、何度《なんど》も何度《なんど》も何度《なんど》も季節《きせつ》がめぐった。

ときにはフリーレンは森《もり》で暮《く》らしながら、魔王討伐《まおうとうばつ》の旅《たび》で手《て》に入《い》れた多《おお》くの魔導書《まどうしょ》を焚《た》き火《び》の明《あ》かりで読《よ》みふけった。

何年《なんねん》かかけて読《よ》みつくしてしまうと、新《あたら》しい魔導書《まどうしょ》を魔法道具店《まほうどうぐてん》でさがし求《もと》めた。めぼしい魔導書《まどうしょ》を値切《ねぎ》って入手《にゅうしゅ》する。

それも読《よ》んでしまったフリーレンは、まだ埋《う》もれている魔導書《まどうしょ》や民間魔法《みんかんまほう》の伝承《でんしょう》をさがすため、諸国《しょこく》を旅《たび》して歩《ある》いた。

極寒《ごっかん》の山中《さんちゅう》で吹雪《ふぶき》に凍《こご》えながら山小屋《やまごや》を目指《めざ》し、酷暑《こくしょ》の荒野《こうや》で遺跡《いせき》の探求《たんきゅう》に挑《いど》んだ。

あるときは村《むら》はずれで墓地《ぼち》に花畑《はなばたけ》を作《つく》りだして人々《ひとびと》を喜《よろこ》ばせ、お礼《れい》に民間魔法《みんかんまほう》を教《おし》えてもらった。

他《ほか》にも、人々《ひとびと》からお礼《れい》として民間魔法《みんかんまほう》を記《しる》した書《しょ》を受《う》けとるのが目的《もくてき》で、水《みず》のたまった洞窟《どうくつ》に小舟《こぶね》を進《すす》めて水中《すいちゅう》で鉱石《こうせき》を見《み》つけたり、森《もり》の奥《おく》で怪《あや》しい植物《しょくぶつ》を引《ひ》っこぬいて性質《せいしつ》を分析《ぶんせき》したりもした。

お金《かね》が尽《つ》きたら川《かわ》でのんびり釣《つ》りをして腹《はら》を満《み》たし、街《まち》の広場《ひろば》でちょっとした魔法《まほう》を見《み》せて投《な》げ銭《せん》を稼《かせ》いだこともあった。

ダンジョンには財宝《ざいほう》や魔導書《まどうしょ》が眠《ねむ》っているので、攻略《こうりゃく》することもあった。しょっちゅう宝箱《たからばこ》と間違《まちが》えて顔《かお》をつっこみ、ミミックにかじられてしまうのだが。

フリーレンは自由《じゆう》だ。気《き》ままな放浪《ほうろう》は、何年《なんねん》も、何年《なんねん》も、何年《なんねん》も何年《なんねん》も続《つづ》いた。

そうして、五十年近《ごじゅうねんちか》く過《す》ぎた。

王都近《おうとちか》くの森《もり》にもどっていたフリーレンは、ある日《ひ》、小川《おがわ》の流《なが》れに体《からだ》をひたし、のんびり、ゆったりと過《す》ごしていたときにふと思《おも》いついた。

試《ため》してみたいことがある。


フリーレンは数日後《すうじつご》、人里離《ひとざとはな》れた魔法道具店《まほうどうぐてん》を訪《おとず》れた。以前訪《いぜんおとず》れたときの店主《てんしゅ》から代替《だいが》わりしているが、そんなことは気《き》にしない。

お目当《めあ》ての品物《しなもの》が見《み》あたらないので、老店主《ろうてんしゅ》にたずねる。

「暗黒竜《あんこくりゅう》の角《つの》？　うちでは取《と》り扱《あつか》ってないよ。暗黒竜自体《あんこくりゅうじたい》、二《に》、三十年《さんじゅうねん》は見《み》てないね」

「そう……困《こま》ったな、召喚《しょうかん》に使《つか》うのに……」

がっかりしたものの、他《ほか》にめぼしい品《しな》はないか、店内《てんない》をうろうろしていたフリーレンは、思《おも》い出《だ》した。

（そういえば魔王城《まおうじょう》で拾《ひろ》ったやつ、ヒンメルに預《あず》けたままだっけ）

魔王城《まおうじょう》の大広間《おおひろま》で、フリーレンは拾《ひろ》った暗黒竜《あんこくりゅう》の角《つの》の片方《かたほう》をヒンメルたち三人《さんにん》に見《み》せた。

黒《くろ》い靄《もや》をまとい、大《おお》きさもひと抱《かか》えほどあるそれを、預《あず》かってほしい、とヒンメルに持《も》たせる。

『……なんか邪悪《じゃあく》なオーラみたいなの出《で》てるけど、人体《じんたい》に害《がい》はないよね？』

『わかんない』

『わかんないかぁ……』

手《て》にとった薬瓶《くすりびん》の色硝子《いろガラス》に映《うつ》りこむ自分《じぶん》の顔《かお》を見《み》ながら、フリーレンは考《かんが》えた。

（もうすぐ半世紀流星《エーラりゅうせい》の時期《じき》だし、ついでにとりにいくか……）

魔王討伐《まおうとうばつ》のときと、今《いま》と、フリーレンの見《み》た目《め》はまったく変《か》わっていない。

――というわけで、五十年《ごじゅうねん》ぶりに王都《おうと》にやってきたフリーレンは、街《まち》の様子《ようす》が自分《じぶん》が知《し》っている街並《まちな》みと異《こと》なっていることに気《き》づいた。

（前来《まえき》たときと、だいぶ街並《まちな》みが違《ちが》うな……）

それほど時《とき》が経《た》っているとも感《かん》じられないのだが……建物《たてもの》が大《おお》きくなり、数《かず》も増《ふ》えている。縦横《たてよこ》の路地《ろじ》の入《い》り組《く》み方《かた》が複雑《ふくざつ》になっている。

ヒンメルの自宅《じたく》を目指《めざ》し、路地《ろじ》を歩《ある》く。

行《ゆ》き交《か》う人々《ひとびと》、おしゃべりする人々《ひとびと》、物売《ものう》りの声《こえ》、とてもにぎやかで活気《かっき》にあふれている。

逃《に》げるガチョウを子《こ》どもが追《お》いかけてつかまえ、母親《ははおや》のもとへ運《はこ》ぶ。母親《ははおや》は家《いえ》の裏口《うらぐち》で、絞《し》めたもう一羽《いちわ》のガチョウの羽《はね》をむしっていた。今夜《こんや》はごちそうなのだろう。

さらに街《まち》の奥《おく》へと歩《ある》き、フリーレンはきょろきょろした。

「確《たし》かここらへん……」

そのとき、背後《はいご》から名《な》を呼《よ》ばれた。

「フリーレン?」

ふりむくと、杖《つえ》をついた老人《ろうじん》が立《た》っていた。腰《こし》が曲《ま》がっていて、頭髪《とうはつ》は失《うしな》われ、そのかわりたっぷりと長《なが》く白《しろ》いひげをたくわえている。

しわの寄《よ》った左《ひだり》の目尻《めじり》に泣《な》きぼくろ——。

「ヒンメル……」

老人《ろうじん》は微笑《ほほえ》んでうなずいた。

かつての勇者《ゆうしゃ》の姿《すがた》からの落差《らくさ》がさすがに予想外《よそうがい》すぎて、フリーレンは少《すこ》しだけおどろい

た。

「……老《お》いぼれてる」

「言《い》い方《かた》ひどくない？」

声《こえ》はいくぶんしわがれたが、ヒンメルのやさしく明《あか》るい口調《くちょう》はまったく変《か》わっていなかった。間違《まちが》いなくヒンメルだ……とまじまじと見《み》つめるフリーレンに、老人《ろうじん》は朗《ほが》らかにこたえた。

「歳《とし》をとった僕《ぼく》も、なかなかイケメンだろ？」

うぬぼれっぷりが五十年《ごじゅうねん》経《た》ってもそのままのヒンメルに、フリーレンの表情《ひょうじょう》がやわらぐ。変《か》わらないフリーレンに、ヒンメルの表情《ひょうじょう》もやわらかくなった。笑《わら》うと目尻《めじり》に刻《きざ》まれたしわがいっそう深《ふか》くなる。

「五十年《ごじゅうねん》ぶりだね……君《きみ》は昔《むかし》の姿《すがた》のままだ。……もう一生《いっしょう》会《あ》えないのかと思《おも》っていたよ」

そう言《い》うヒンメルを、フリーレンはただ見《み》つめた。

ヒンメルがフリーレンを自宅《じたく》へ案内《あんない》した。

一人《ひとり》で暮《く》らしているらしく、他人《たにん》が住《す》んでいる気配《けはい》がない。かつて国《くに》を救《すく》った勇者《ゆうしゃ》の住《す》まいにしては、つつましいものだった。

すすめられるままに椅子《いす》に腰《こし》かけるフリーレンのそばで、ヒンメルは暖炉《だんろ》の脇《わき》の揺《ゆ》り椅《い》子《す》に身《み》を任《まか》せてくつろぐ。

訪問《ほうもん》の目的《もくてき》を聞《き》いたヒンメルは、遠《とお》いまなざしになった。

「……半世紀流星《エーラりゅうせい》か。懐《なつ》かしいね」

「あと、魔王城《まおうじょう》で拾《ひろ》ったやつなんだけど」

「暗黒竜《あんこくりゅう》の角《つの》だね？　片時《かたとき》も忘《わす》れたことはないよ」

しみじみと言《い》い、ヒンメルは視線《しせん》を足《あし》もとから隣《となり》の部屋《へや》へ移《うつ》した。そこは彼《かれ》の寝室《しんしつ》らしく、整《ととの》えられたシングルベッドと、箪笥《たんす》、戸棚《とだな》、硝子《ガラス》の飾《かざ》り棚《だな》が、壁際《かべぎわ》に置《お》いてある。

箪笥《たんす》の引《ひ》き出《だ》しから、何《なに》やら黒《くろ》い靄《もや》がにじみ出《で》ていた。

「ずっと箪笥《たんす》から邪悪《じゃあく》なオーラが出《で》ていたからね」

五十年間《ごじゅうねんかん》、この黒《くろ》い靄《もや》とともにヒンメルは生活《せいかつ》していたようだ。

「……なんかごめん」

ヒンメルは立《た》ちあがり、箪笥《たんす》に近《ちか》づくと、引《ひ》き出《だ》しを開《あ》けた。

「適当《てきとう》に納屋《なや》にでも放《ほう》りこんでおいてくれてよかったのに」

「そうはいかないよ」

暗黒竜《あんこくりゅう》の角《つの》をとりだし、ヒンメルは大切《たいせつ》そうにそれをフリーレンにさしだす。

真剣《しんけん》な表情《ひょうじょう》でヒンメルがフリーレンにむきあうと、静《しず》かに言《い》った。

「君《きみ》にとっては軽《かる》い気持《きも》ちで預《あず》けたものかもしれないけど、僕《ぼく》にとっては大切《たいせつ》な仲間《なかま》から預《あず》かった大事《だいじ》なものなんだ」

ヒンメルがしっかりと手渡《てわた》す。

「いつか君《きみ》にこうして返《かえ》すべきものだったんだ」

フリーレンが角《つの》を持《も》ったのを確《たし》かめてから、両手《りょうて》をおろす。

思《おも》いがけないヒンメルの真剣《しんけん》さに、フリーレンはやや面食《めんく》らった。

家《いえ》を出《で》て近《ちか》くの広場《ひろば》へ行《い》き、フリーレンは使《つか》い魔《ま》のような大形《おおがた》の鳥《とり》を呼《よ》ぶと、角《つの》を渡《わた》した。フリーレンはぽつっとつぶやいた。

「そんな大層《たいそう》なものじゃないんだけどな……」

広場《ひろば》には、五十年前《ごじゅうねんまえ》の王《おう》が建《た》てさせた〝勇者一行《ゆうしゃいっこう》の像《ぞう》〟があった。

四人《よにん》が仲《なか》よく並《なら》ぶ銅像《どうぞう》に近寄《ちかよ》ると、サビや汚《よご》れのついた箇所《かしょ》をフリーレンは見《み》つめた。

この銅像《どうぞう》もまた、思《おも》ったよりも年季《ねんき》が入《はい》っていた。

半世紀流星《エーラりゅうせい》が出現《しゅつげん》する夜《よる》が近《ちか》づいた。フリーレンが、流星《りゅうせい》がよく見《み》える場所《ばしょ》に連《つ》れてゆく、と五十年前《ごじゅうねんまえ》に三人《さんにん》に約束《やくそく》した未来《みらい》の、一週間《いっしゅうかん》ほど前《まえ》だ。

その日《ひ》——出発《しゅっぱつ》の朝《あさ》、ヒンメルは家《いえ》を出《で》る前《まえ》に、寝室《しんしつ》に置《お》いた硝子棚《ガラスだな》に飾《かざ》った、勇者《ゆうしゃ》の剣《けん》と外套《がいとう》を感慨深《かんがいぶか》く見《み》た。

ドアがノックされ、フリーレンが声《こえ》をかけてくる。

「……ヒンメル、まだ?」

彼女《かのじょ》はリビングでヒンメルが支度《したく》を終《お》えるのを待《ま》っているのだ。

ドアが細《ほそ》く開《あ》いたので、ヒンメルは鏡《かがみ》にむきなおり、ひげを整《ととの》える。

ドアからのぞきこんできたフリーレンが急《せ》かす。

「ハゲなんだから、こだわったって意味《いみ》ないよ」

「ハゲなりのこだわりがあるの」

それからもしばらく身支度《みじたく》に時間《じかん》がかかり、待《ま》ちくたびれたフリーレンが玄関前《げんかんまえ》のポーチの階段《かいだん》に座《すわ》りこんで、あくびをしていたら、やっとヒンメルが出《で》てきた。

玄関《げんかん》ドアを戸締《とじ》まりする。

「……では半世紀流星《エーラりゅうせい》を見《み》にいこうか」

王都《おうと》の城門《じょうもん》のすぐ外《そと》で、ハイターとアイゼンが待《ま》っていた。

大《おお》きく手《て》を振《ふ》り、ハイターが再会《さいかい》を喜《よろこ》ぶ。顔《かお》にはしわができていたが、長身《ちょうしん》は相変《あいか》わらずで、髪《かみ》もつややかだ。

アイゼンは人間《にんげん》の四《し》、五倍《ごばい》の時間《じかん》を生《い》きるドワーフなので、見《み》た目《め》がほとんど変《か》わっていない。寡黙《かもく》なのも変《か》わらない。

笑顔《えがお》のハイターに近《ちか》づき、フリーレンは言《い》った。

「ずいぶん貫禄《かんろく》が出《で》たね、ハイター」

「聖都《せいと》の司教《しきょう》ですから」

ハイターは女神信仰《めがみしんこう》の主要《しゅよう》な地《ち》である聖都《せいと》シュトラールで高《たか》い地位《ちい》についていた。

「あなたは全然変《ぜんぜんか》わりませんね。はっはっは」

と、笑《わら》いながらハイターは小柄《こがら》なフリーレンの頭《あたま》をぐしぐしとなで回《まわ》す。

「頭《あたま》、なでんな」

ハイターの手《て》を押《お》しのけつつ、フリーレンはアイゼンにも声《こえ》をかけた。

「アイゼンはあまり変《か》わっていないね」

「そうか、そう見《み》えるか」

「さすがドワーフ」

「で、よく見《み》える場所《ばしょ》ってどこなんだ？」

ヒンメルがたずねたので、フリーレンは「ん？」と彼《かれ》をふりむいた。

ハイターも言《い》う。

「今《いま》から行《い》くんですか？　半世紀《エーラ》流星《りゅうせい》にはまだ時期《じき》が少《すこ》し早《はや》いと思《おも》いますが……」

「うん。だからここから一週間《いっしゅうかん》くらい歩《ある》いて……」

さらりとこたえてすたすたと歩《ある》きだしたフリーレンに、三人《さんにん》があきれる。

「そんなに遠《とお》いのか……」

「まったく……老人《ろうじん》を酷使《こくし》しおって」

と、アイゼンとヒンメルがそろってため息《いき》をつく。

よく晴《は》れた空《そら》の下《もと》、鳥《とり》の啼《な》く緑《みどり》の森《もり》、花《はな》の咲《さ》く草原《そうげん》、豊《ゆた》かな農地《のうち》、美《うつく》しい景色《けしき》の中《なか》を歩《あゆ》む四人《よにん》の短《みじか》い旅《たび》が始《はじ》まった。

五十年前《ごじゅうねんまえ》と同《おな》じように。

四人《よにん》の旅《たび》が。

高台《たかだい》から、眼下《がんか》に果《は》てなく広《ひろ》がる森《もり》や草原《そうげん》、点在《てんざい》する街《まち》や村《むら》と、それを彼方《かなた》から照《て》らす夕日《ゆうひ》をながめる。

森《もり》で獣《けもの》を狩《か》り、焚《た》き火《び》をして肉《にく》を焼《や》き、野宿《のじゅく》の夕食《ゆうしょく》にする。

ヒンメルは感慨深《かんがいぶか》かった。

「懐《なつ》かしいよ。こうしていると、あのときにもどったかのようだ。

いろいろなところを旅《たび》したね。何《なに》もかも新鮮《しんせん》で、きらめいて見《み》えた。

その美《うつく》しい思《おも》い出《で》の中《なか》には、いつも仲間《きみ》たちがいた」

魔物《まもの》に襲《おそ》われたら、戦斧《せんぷ》をかまえたアイゼンがまっ先《さき》にとびだし、後方《こうほう》からフリーレンが魔法《まほう》で攻撃《こうげき》する――尽《つ》きることのない思《おも》い出話《でばなし》をたくさんして、笑《わら》って、笑《わら》って、笑《わら》って。

「僕《ぼく》はね、全員《ぜんいん》がそろうこの日《ひ》を、待《ま》ち望《のぞ》んでいたんだ。

ありがとう、フリーレン。

君《きみ》のおかげで、最後《さいご》にとても楽《たの》しい冒険《ぼうけん》ができた」

短《みじか》い旅《たび》の末《すえ》に、四人《よにん》は周囲《しゅうい》を低《ひく》い丘《おか》に囲《かこ》まれた大草原《だいそうげん》に着《つ》いた。大草原《だいそうげん》の中央《ちゅうおう》には澄《す》んだ湖《みずうみ》がある。

天気《てんき》にも恵《めぐ》まれ、夕焼《ゆうや》けが燃《も》える快晴《かいせい》の空《そら》の下《もと》で、なだらかな丘《おか》に四人並《よにんなら》んで腰《こし》をおろし、夜《よる》を待《ま》つ。

日《ひ》が沈《しず》み、空《そら》の色《いろ》が濃《こ》くなり、ひとつ、またひとつふたつ、と星《ほし》が瞬《また》きはじめる。

漆黒《しっこく》の空《そら》に星《ほし》が輝《かがや》くと……間《ま》もなく、流星《りゅうせい》が出現《しゅつげん》した。

流星《りゅうせい》たちは青白《あおじろ》く、まばゆく輝《かがや》きながら、長《なが》く尾《お》を引《ひ》いて天《てん》を横切《よこぎ》ってゆく。空《そら》の果《は》てで燃《も》え尽《つ》きて静《しず》かに、溶《と》けるように消《き》えてゆく。

ひとつずつ間《ま》を置《お》いて流《なが》れていた星《ほし》は、やがて矢継《やつ》ぎ早《ばや》となり、複数《ふくすう》が同時《どうじ》に流《なが》れだし、ほどなく数《かぞ》え切《き》れないほどの光《ひかり》が夜空《よぞら》を満《み》たした。

空《そら》いっぱいに刻《きざ》まれる光跡《こうせき》。

それらは眼下《がんか》にある湖《みずうみ》の水面《みなも》にも映《うつ》り、周囲《しゅうい》の草原《そうげん》は漆黒《しっこく》の闇《やみ》に包《つつ》まれて、まるで自分《じぶん》たちが星《ほし》の中《なか》に浮《う》いているかのように錯覚《さっかく》する。

「きれいだ」

ヒンメルは流星《りゅうせい》の輝《かがや》きを瞳《ひとみ》に……魂《たましい》に焼《や》きつけた。

その後《ご》――。

王都《おうと》の教会《きょうかい》で、ヒンメルの葬儀《そうぎ》が盛大《せいだい》に執《と》り行《おこな》われた。

かつて世《よ》に平和《へいわ》をもたらした勇者《ゆうしゃ》ヒンメルの棺《ひつぎ》に花《はな》を手向《たむ》ける街《まち》の人々《ひとびと》の列《れつ》が、いつまでもいつまでも途切《とぎ》れない。

棺《ひつぎ》の中《なか》で花《はな》に埋《う》もれたヒンメルは剣《けん》を持《も》ち、満《み》ち足《た》りたとても穏《おだ》やかな表情《ひょうじょう》で、ただ昼《ひる》下《さ》がりにうとうとと仮眠《かみん》しているかのようだった。

棺《ひつぎ》のかたわらで、フリーレンは葬儀《そうぎ》を進行《しんこう》する司教《しきょう》であるハイター、参列《さんれつ》したアイゼンとともに献花《けんか》する人々《ひとびと》を見守《みまも》っていた。

人々《ひとびと》の悲《かな》しむ仕草《しぐさ》や嘆《なげ》きの言葉《ことば》、流《なが》す涙《なみだ》をぼんやりとながめているフリーレンに、ハイターが声《こえ》をかける。

「……ヒンメルは幸《しあわ》せだったと思《おも》いますよ」

「そうなのかな……」

よくわかっていない様子《ようす》のフリーレンを見《み》た参列者《さんれつしゃ》がひそひそとささやきあう。

「あの子《こ》、ヒンメル様《さま》の仲間《なかま》なんだって？　悲《かな》しい顔《かお》ひとつしないなんて」

「薄情《はくじょう》だね……」

突然《とつぜん》耳《みみ》にとびこんできた言葉《ことば》にフリーレンは胸《むね》をつかれ、人々《ひとびと》に共感《きょうかん》できない自分《じぶん》に気《き》持《も》ちが沈《しず》む。

場《ば》をなごませようと、ハイターとアイゼンが会話《かいわ》した人《ひと》たちにむかって、おちゃらける。

「おやおや、私《わたし》たちもしてませんよ？」

へらへらと笑《わら》ったハイターに、厳《きび》しい言葉《ことば》がとんできた。

「司教《しきょう》は真面目《まじめ》にやれ！」

「この薄情者《はくじょうもの》！」

花《はな》やハンカチなどが投《な》げつけられ、アイゼンの兜《かぶと》には小石《こいし》があたって音《おと》をたてた。

「はっはっは。手痛《ていた》いですな」

とハイターがつぶやく。

フリーレンは棺《ひつぎ》の中《なか》のヒンメルにまなざしを落《お》とした。

何《なに》を聞《き》いても、もう、ヒンメルはあのやさしい声《こえ》でこたえてはくれない。

もう、何《なに》も会話《かいわ》できない。

葬儀《そうぎ》がすみ、追悼《ついとう》の鐘《かね》の音《ね》が響《ひび》く中《なか》、ヒンメルは王都《おうと》の墓地《ぼち》に葬《ほうむ》られた。
棺《ひつぎ》のふたが閉《と》じられ、墓穴《はかあな》におろされて、少《すこ》しずつ土《つち》がかけられる。
土《つち》に覆《おお》われて、次第《しだい》に棺《ひつぎ》が見《み》えなくなってゆく。
フリーレンの目《め》に、自然《しぜん》と熱《あつ》いものがあふれてきた。
「……だって、私《わたし》、この人《ひと》のこと、何《なに》も知《し》らないし」
知《し》らないけど、一緒《いっしょ》にダンジョン探索《たんさく》をしたことはあった。
一緒《いっしょ》に遺跡《いせき》で魔物《まもの》を倒《たお》したこともあった。
一緒《いっしょ》に酒場《さかば》で祝杯《しゅくはい》をあげたこともあった。
一緒《いっしょ》に夜《よる》の森《もり》で焚《た》き火《び》を囲《かこ》み、語《かた》りあったこともあった。
そして、一緒《いっしょ》に魔王城《まおうじょう》へのりこみ、魔王《まおう》と戦《たたか》い、滅《ほろ》ぼした。
そのくらいしか知《し》らないけど。
「たった十年《じゅうねん》、一緒《いっしょ》に旅《たび》しただけだし……」
なのに、どうしてこんなに涙《なみだ》がこぼれるんだろう。
これが、悲《かな》しみ？　それとも……後悔《こうかい》……？

「人間《にんげん》の寿命《じゅみょう》は短《みじか》いってわかっていたのに……」

棺《ひつぎ》が完全《かんぜん》に土《つち》に埋《う》まった。

「なんでもっと知《し》ろうと思《おも》わなかったんだろう」

伏《ふ》せた顔《かお》から足《あし》もとの土《つち》に、はらはらとしずくがしたたり落《お》ちる。

涙《なみだ》が止《と》まらないフリーレンの頭《あたま》をハイターがなでた。アイゼンが背《せ》に手《て》を置《お》く。

「頭《あたま》、なでんなよぉ……」


翌日《よくじつ》。

王都《おうと》の城門《じょうもん》の前《まえ》で、フリーレンとアイゼンは聖都《せいと》に帰《かえ》るハイターを見送《みおく》った。

迎《むか》えの旅客馬車《りょかくばしゃ》が来《く》るまで、フリーレンはヒンメルの思《おも》い出《で》の品《しな》をずっと指《ゆび》でもてあそんでいた。

かつて、魔王城《まおうじょう》への旅《たび》の途中《とちゅう》で、ヒンメルがフリーレンに贈《おく》ってくれた鏡蓮華《かがみれんげ》の花《はな》を象《かたど》った指輪《ゆびわ》だ。

ほどなく馬車《ばしゃ》が到着《とうちゃく》したので、フリーレンは指輪《ゆびわ》を胸《むな》もとにしまった。

ハイターが言《い》う。

「……では私《わたし》も聖都《せいと》にもどるとしましょう」

そして、二人《ふたり》の顔《かお》をのぞきこむ。

「二人《ふたり》とも、顔《かお》をよく見《み》せて。これで最後《さいご》になるでしょうからね」

深刻《しんこく》そうな言葉《ことば》なのに朗《ほが》らかに口《くち》にするハイターに、ハッとしてフリーレンはたずねた。

「どこか悪《わる》いの？」

「長年《ながねん》の酒《さけ》がたたりましてね」

おどけてそう言《い》うハイターに、アイゼンがツッコむ。

「天罰《てんばつ》だな」

ハイターは笑《わら》いとばした。

「はっはっは。聖都《せいと》に寄《よ》ることがあったら、私《わたし》の墓《はか》に酒《さけ》でも供《そな》えてください」

馬車《ばしゃ》に乗《の》りこもうとするハイターに、フリーレンは重《かさ》ねてたずねる。

「ハイターは死《し》ぬのが怖《こわ》くないの？」

ステップに足《あし》をかけていたハイターがふりむく。

「……私《わたし》たちは世界《せかい》を救《すく》った勇者《ゆうしゃ》パーティーですよ。死後《しご》は天国《てんごく》で贅沢三昧《ぜいたくざんまい》に決《き》まっています。そのために私《わたし》はあなた方《がた》とともに戦《たたか》ったのです」

いつもどおりのハイターにちょっぴりあきれ、フリーレンはぼそりとつぶやいた。

「生臭坊主《なまぐさぼうず》」

「はっはっは」

笑《わら》いながらハイターがシートに座《すわ》る。

「それでは、お先《さき》に」

ハイターが別《わか》れの挨拶《あいさつ》をすると、馬車《ばしゃ》が走《はし》りだした。

馬車《ばしゃ》が見《み》えなくなるまで見送《みおく》ると、いつものトランクひとつを手《て》にさげたフリーレンはアイゼンに告《つ》げる。

「さて、私《わたし》もそろそろ行《い》くよ」

「魔法収集《まほうしゅうしゅう》の旅《たび》か」

「うん。それもあるけど、私《わたし》はもっと人間《にんげん》を知《し》ろうと思《おも》う」

後悔《こうかい》の涙《なみだ》から、フリーレンが考《かんが》えて出《だ》した結論《けつろん》だった。

「……そうか」

フリーレンはアイゼンにむきなおり、頼《たの》んだ。

「それでひとつ相談《そうだん》なんだけど、私《わたし》、魔法職《まほうしょく》だからさ、強力《きょうりょく》な前衛《ぜんえい》がいると助《たす》かるんだよね」

アイゼンはフリーレンをまっすぐに見《み》て、きっぱりと言《い》った。

「勘弁《かんべん》してくれ」

断《ことわ》られるとは思《おも》っておらずに面食《めんく》らうフリーレンに、アイゼンが続《つづ》けた。

「もう、斧《おの》を振《ふ》れるような歳《とし》じゃないんだ」

よく見《み》れば、アイゼンの目尻《めじり》のしわも深《ふか》かった。そのことに気《き》づき、フリーレンは言葉《ことば》が出《で》なかった。

空気《くうき》をとりつくろうように、アイゼンがひげをなでて語《かた》る。

「……そんな顔《かお》をするな、フリーレン。人生《じんせい》ってのは、衰《おとろ》えてからのほうが案外長《あんがいなが》いもんさ」

かつてはがっしりとしていたアイゼンの腕《うで》の細《ほそ》さを目《め》にしたフリーレンは少《すこ》しさびしさを覚《おぼ》え、それをふりきるためにわずかな笑《え》みを唇《くちびる》に浮《う》かべた。

「……そっか。じゃあ、またね、アイゼン」

「ああ、また」

二人《ふたり》は右《みぎ》と左《ひだり》に別《わか》れ、互《たが》いに背《せ》をむけて歩《ある》きだした。

その間《あいだ》を、風《かぜ》が草木《くさき》を揺《ゆ》らして渡《わた》ってゆく。


勇者《ゆうしゃ》ヒンメルの死《し》から二十年後《にじゅうねんご》。

中央諸国聖都《ちゅうおうしょこくせいと》シュトラール郊外《こうがい》。


この森《もり》のどこかに、ハイターがひっそりと暮《く》らす家《いえ》がある。フリーレンはその家《いえ》を訪《おとず》れようとして、森《もり》をさまよっていた。

特徴的《とくちょうてき》な姿《すがた》をした巨木《きょぼく》のもとに、フリーレンはたどりついた。まるで見《み》る者《もの》をあざ笑《わら》うかのような圧倒的《あっとうてき》な枝《えだ》ぶりの巨木《きょぼく》だ。

しかしこの木《き》は先《さき》ほども一度《いちど》通《とお》りすぎていたはず。

「さっきの木《き》だ……。この森《もり》、いつも迷《まよ》うな……どこだ？　ここ」

途方《とほう》にくれ、フリーレンが巨木《きょぼく》を見《み》あげていると、ふいに背後《はいご》から幼《おさな》い声《こえ》で呼《よ》びかけられた。

「何《なに》かおさがしでしょうか？」

フリーレンはふりかえった。

八《はち》、九歳《きゅうさい》くらいに見《み》える人間《にんげん》の女《おんな》の子《こ》がいた。髪《かみ》を肩《かた》の上《うえ》で切《き》りそろえ、右耳《みぎみみ》の上《うえ》に赤《あか》いリボンを結《むす》んでいる。両手《りょうて》で重《おも》そうにさげたバスケットの中《なか》には、土《つち》のついたキノコが入《はい》っていた。

少《すこ》し違和感《いわかん》を覚《おぼ》え、フリーレンが口《くち》をつぐんで様子《ようす》をうかがっていると、女《おんな》の子《こ》が不思《ふし》議《ぎ》そうに首《くび》をかしげて、再《ふたた》び聞《き》いた。

「どうかなさいましたか？」

フリーレンは女《おんな》の子《こ》にこたえた。

「……いや、ハイターって人《ひと》の家《いえ》をさがしているんだけど」

「では、お客様《きゃくさま》でございますね」

年齢《ねんれい》の割《わり》に落《お》ち着《つ》いた口調《くちょう》の女《おんな》の子《こ》は、案内《あんない》するように先《さき》に立《た》って歩《ある》きはじめる。

森《もり》の木々《きぎ》が開《ひら》け、明《あか》るい空間《くうかん》にハイターの家《いえ》がこぢんまりと立《た》っていた。

ドアを開《あ》けてフリーレンを招《まね》き入《い》れると、女《おんな》の子《こ》は台所《だいどころ》へまっすぐむかい、キノコの入《はい》ったバスケットを調理台《ちょうりだい》に置《お》く。

リビングでは、年老《としお》いたハイターが暖炉《だんろ》に薪《まき》をくべていた。

「まだ生《い》きてたんだ、生臭坊主《なまぐさぼうず》」

フリーレンが声《こえ》をかけると、ゆっくりとふりむいたハイターが変《か》わらぬ笑《え》みを浮《う》かべた。

「はっはっは。格好《かっこう》よく死《し》ぬのも難《むずか》しいものですな」

二十年前《にじゅうねんまえ》に別《わか》れたときよりもハイターの顔《かお》や手《て》のしわは増《ふ》えて、髪《かみ》の色《いろ》も白《しろ》くなっている。背《せ》もかがみ、足《あし》どりもゆっくりだ。

人間《にんげん》としてはかなりの老齢《ろうれい》のはずだ。

フリーレンはリビングのテーブルにつきながら聞《き》いた。

「墓《はか》に供《そな》える酒買《さけか》ってきちゃったけど、一杯《いっぱい》やる？」

「酒《さけ》はもうやめたんです」

テーブルにむかって歩《ある》きながらたんたんと告《つ》げるハイターに、フリーレンは冗談《じょうだん》めかせて言《い》う。

「そう。今《いま》さらいい子《こ》ぶったって、女神様《めがみさま》は許《ゆる》してくれないと思《おも》うけどね」

「はっはっは」

相変《あいか》わらず笑《わら》いながら、ハイターが、ゆっくりとむかいあった椅子《いす》に腰《こし》かける。

そこへ女《おんな》の子《こ》がティーカップをふたつ、お盆《ぼん》にのせて運《はこ》んできた。背伸《せの》びしながら手《て》を伸《の》ばし、温《あたた》かなお茶《ちゃ》の注《そそ》がれたティーカップをフリーレンとハイターの前《まえ》に置《お》く。

「ありがとうございます」

ハイターがお礼《れい》を言《い》うと、女《おんな》の子《こ》は無言《むごん》で台所《だいどころ》へもどった。

「あの子《こ》は？」

フリーレンが問《と》うと、ハイターは、台所《だいどころ》のほうへやさしいまなざしをむけながらこたえた。

「フェルンといいます。南側諸国《みなみがわしょこく》の戦災孤児《せんさいこじ》でした」

調理台《ちょうりだい》にむかい、フェルンはキノコを選別《せんべつ》しながら、食《た》べられない部分《ぶぶん》をナイフでカットしているようだ。

意外《いがい》に思《おも》い、頬杖《ほおづえ》をついてフリーレンはハイターにたずねた。

「らしくないね。進《すす》んで人助《ひとだす》けをするような質《たち》じゃないでしょ。ヒンメルじゃあるまいし」

ハイターは微笑《ほほえ》むだけだ。

ティーカップを手《て》にとり、息《いき》を吹《ふ》きかけてお茶《ちゃ》を冷《さ》ますフリーレンに、今度《こんど》はハイターが問《と》いかける。

「フリーレン、なぜ私《わたし》のところへ？」

「聖都《せいと》への買《か》い出《だ》しのついでだよ。旅先《たびさき》で会《あ》う人《ひと》とは、なるべくかかわるようにしているからね」

おや、といったように表情《ひょうじょう》を動《うご》かしてフリーレンを見《み》つめるハイターを、フリーレンも顔《かお》を上《あ》げて見返《みかえ》した。

「それにハイターにはたくさん借《か》りがあるから、死《し》なれる前《まえ》に返《かえ》しにきた」

小《ちい》さくうなずき、少《すこ》し考《かんが》えるそぶりをしてから、ハイターは口《くち》を開《ひら》いた。

「……では、ひとつ頼《たの》みごとを」

ん？　と首《くび》をかしげるフリーレンに、ハイターは言《い》った。

「弟子《でし》をとりませんか？」

とっさに言葉《ことば》の出《で》ないフリーレンに、ハイターは説明《せつめい》した。

「フェルンには魔法使《まほうつか》いとしての素質《そしつ》があります。あなたの旅《たび》に連《つ》れていってはくれませんか？」

まつげを伏《ふ》せ、少《すこ》し考《かんが》えてからフリーレンはこたえた。

「ごめんハイター、それだけはできない。足手《あしで》まといになるから」

襲《おそ》いくる魔物《まもの》や、魔王《まおう》が討伐《とうばつ》されてもなお生《い》き残《のこ》った魔族《まぞく》の戦闘力《せんとうりょく》は高《たか》い。

「実戦《じっせん》での見習《みなら》い魔《ま》法使《ほうつか》いの死亡率《しぼうりつ》は知《し》ってるでしょ。友人《ゆうじん》から預《あず》かった子《こ》を死地《しち》に送《おく》るつもりはないよ」

言《い》い終《お》わってフリーレンはようやくお茶《ちゃ》を口《くち》に運《はこ》んだ。

二人《ふたり》の会話《かいわ》は台所《だいどころ》にいるフェルンにも聞《き》こえているようだ。

残念《ざんねん》そうにハイターは小《ちい》さく微笑《ほほえ》み、手《て》もとのティーカップに指《ゆび》をかけながら、次《つぎ》の言《こと》葉《ば》を発《はっ》した。

「そうですか。では別《べつ》の頼《たの》みを」

お茶《ちゃ》を飲《の》み終《お》わると、ハイターはフリーレンを地下《ちか》の書庫《しょこ》へと案内《あんない》した。

ランプに照《て》らされた薄暗《うすぐら》い書庫《しょこ》には、壁《かべ》に沿《そ》ってぎっしりと書架《しょか》が並《なら》んでいる。多《おお》くの書物《しょもつ》の中《なか》から一冊《いっさつ》のひときわ古《ふる》びた分厚《ぶあつ》い本《ほん》をとりだすと、ハイターは室内中央《しつないちゅうおう》の机《つくえ》に置《お》いた。

「賢者《けんじゃ》エーヴィヒの墓所《ぼしょ》から出土《しゅつど》したものです」

フリーレンはその魔導書《まどうしょ》を手《て》にとってみた。ずっしりと重《おも》たい。

ハイターが説明《せつめい》を続《つづ》ける。

「この魔導書《まどうしょ》には、今《いま》は失《うしな》われた死者《ししゃ》の蘇生《そせい》や不死《ふし》の魔法《まほう》が記《しる》されているとされています」

ページをめくってみると、着色《ちゃくしょく》された図解《ずかい》がフリーレンの目《め》にとびこんできた。

「そんな魔法《まほう》が実在《じつざい》するとは思《おも》えないけど」

フリーレンが聞《き》くと、ハイターはこたえた。

「それも含《ふく》めて、解読《かいどく》をお願《ねが》いしたいのです。できますか？」

「……絵《え》を使《つか》った暗号《あんごう》でしょ？　この時代《じだい》の人《ひと》は、こういうのが好《す》きだね。まあ、五《ご》、六《ろく》年《ねん》もあれば……」

「……そうですか」

ほっとした様子《ようす》のハイターに、フリーレンはさらに聞《き》いた。

「でも、こんなの解読《かいどく》してどうすんのさ。死《し》ぬのは怖《こわ》くないんじゃなかったの？」

二十年前《にじゅうねんまえ》、王都《おうと》の城門《じょうもん》の前《まえ》で別《わか》れたときも、フリーレンはハイターにそんなふうにたずねた。

ハイターはおもむろに室内《しつない》を歩《ある》きだした。歩《ある》きながら語《かた》る。

「理由《りゆう》はふたつあります。ひとつは、あなたたちの手前《てまえ》、格好《かっこう》をつけていたから。もうひとつは、前《まえ》より死《し》ぬのが怖《こわ》くなったから。まあ、不死《ふし》とはいわず、ほんの少《すこ》し……ほんの少《すこ》しでいいから、時間《じかん》が欲《ほ》しくなったのです」

フリーレンはじっと彼《かれ》を見《み》つめた。

「それに、聖典《せいてん》には健《すこ》やかに生《い》きよとあります。長寿《ちょうじゅ》はその最《さい》たるものですよ、フリーレン」

最後《さいご》は冗談《じょうだん》めかせて語《かた》り終《お》わり、階段《かいだん》をのぼりかけたハイターにフリーレンは魔導書《まどうしょ》を手《て》にしたままひとこと言《い》ってやった。

「生臭坊主《なまぐさぼうず》」

「はっはっは」

笑《わら》うと、階段《かいだん》の途中《とちゅう》で足《あし》を止《と》め、ハイターはフリーレンに背《せ》をむけたままで頼《たの》んだ。

「……それと、解読《かいどく》の片手間《かたてま》でかまわないので、フェルンに魔法《まほう》を教《おし》えてあげてはくれませんか。私《わたし》は僧侶《そうりょ》なので、どうも勝手《かって》がわからないのです」

背《せ》を見《み》つめてハイターの意図《いと》をさぐりつつ、フリーレンはこたえた。

「……まぁ、そのくらいなら」

家《いえ》の外《そと》で魔法《まほう》の修行《しゅぎょう》をしているというフェルンを、フリーレンはさがした。

しかし、なかなか見《み》つからない。

森《もり》の中《なか》をさがしまわり、ようやく、断崖《だんがい》の縁《ふち》に立《た》つフェルンを見《み》つけだす。大地《だいち》に河《かわ》が刻《きざ》んだ深《ふか》い渓谷《けいこく》だ。

「いた。さがすのが大変《たいへん》だったよ」

服《ふく》についた木《こ》の葉《は》を払《はら》い落《お》としながら、フリーレンはフェルンに歩《あゆ》みよった。

「いつも森《もり》で修行《しゅぎょう》しているの？」

ふりむくことなく、フェルンが静《しず》かにこたえた。

「フリーレン様《さま》でも私《わたし》を見《み》つけるのが大変《たいへん》でございましたか。存在感《そんざいかん》が薄《うす》いと、ハイター様《さま》からもよく言《い》われます」

フェルンがちらりとふりむく。

「とてもよいことでございますね」

敵《てき》に見《み》つかりにくい。

「……そうだね」

フリーレンがそれだけ言《い》うと、再《ふたた》びフェルンが前《まえ》を見据《みす》える。

フリーレンは考《かんが》えた。初《はじ》めてフェルンに出会《であ》ったときに感《かん》じた違和感《いわかん》の正体《しょうたい》について。

(やっぱり……。魔力探知《まりょくたんち》にほとんどひっかからない……卓越《たくえつ》した魔力《まりょく》の操作技術《そうさぎじゅつ》だ……。この歳《とし》でいったいどれだけの研鑽《けんさん》を積《つ》んだんだ……)

考《かんが》えこむフリーレンに、ふいにフェルンが話《はな》しかけた。

「ハイター様《さま》に、あの一番岩《いちばんいわ》を打《う》ち抜《ぬ》けば一人前《いちにんまえ》になれると言《い》われました」

渓谷《けいこく》のむこう側《がわ》、こちらと同《おな》じくらいの高《たか》さの断崖《だんがい》の縁《ふち》に、危《あぶ》なっかしくのっかった大《おお》岩《いわ》がある。ここからの距離《きょり》は歩《ある》いたとしたら千歩《せんぽ》くらいだろうか。

魔法《まほう》で攻撃《こうげき》するときの最大《さいだい》の威力《いりょく》を保《たも》てる射程《しゃてい》としては充分《じゅうぶん》だ。

「へえ。ハイターもわかってんじゃん。あれはね――」

フリーレンの言葉《ことば》が終《お》わらないうちに、古《ふる》びた大《おお》ぶりの木《き》の杖《つえ》をフェルンは一番岩《いちばんいわ》にむけてかまえ、攻撃魔法《こうげきまほう》を放《はな》った。

衝撃音《しょうげきおん》とともにまばゆい光線《こうせん》が杖《つえ》から放《はな》たれる。

的《まと》の一番岩《いちばんいわ》へとまっすぐに進《すす》んだ光線《こうせん》だが、届《とど》く前《まえ》に揺《ゆ》らぎ、かき消《き》えて渓谷《けいこく》に散《ち》っていってしまった。

「このように魔力《まりょく》が離散《りさん》してしまい、届《とど》かないのです」

「……なるほどね」

フェルンにフリーレンが近《ちか》づくと、彼女《かのじょ》はふりかえり、たずねた。

「どのような修行《しゅぎょう》をすればよいのでしょうか」

フェルンの横《よこ》に並《なら》び、フリーレンは問《と》い返《かえ》した。

「ねぇ。先《さき》にひとつ聞《き》いていい？　魔法《まほう》は好《す》き？」

フリーレンをちらりと見《み》てから視線《しせん》を一番岩《いちばんいわ》へもどし、フェルンはこたえた。

「ほどほどでございます」

フリーレンは小《ちい》さく微笑《ほほえ》んだ。

「私《わたし》と同《おな》じだ」

二人《ふたり》は一番岩《いちばんいわ》を見《み》つめた。

2 別《べつ》に魔《ま》法《ほう》じゃなくたって……

一番岩《いちばんいわ》を打《う》ったあと、フリーレンとフェルンは森《もり》の奥《おく》にある川《かわ》へ移動《いどう》した。

澄《す》んだ水《みず》が流《なが》れる川《かわ》に釣《つ》り糸《いと》をたらし、今夜《こんや》のおかずにする魚《さかな》を狙《ねら》いながら、フリーレンはフェルンに説明《せつめい》する。

「えーとね、長距離魔法《ちょうきょりまほう》は魔法使《まほうつか》いに必須《ひっす》な三《みっ》つの要素《ようそ》の合《あ》わせ技《わざ》で構成《こうせい》されているんだけど……」

釣《つ》り竿《ざお》を手《て》にして岩《いわ》に座《すわ》るフリーレンの隣《となり》で、フェルンが真剣《しんけん》な表情《ひょうじょう》で聞《き》いている。

「ひとつは魔力《まりょく》の量《りょう》とそれを打《う》ち出《だ》す力《ちから》の強《つよ》さ、そしてコントロールする力《ちから》。ここまでは知《し》ってるよね？」

「……はい」

「さっきは途中《とちゅう》で魔法《まほう》が離散《りさん》してしまったね。魔力《まりょく》の量《りょう》と打《う》ち出《だ》す力《ちから》が足《た》りないことを示《しめ》している。それは一朝一夕《いっちょういっせき》でどうにかなることじゃない。才能《さいのう》にかかわらず、何年《なんねん》もかけていかなければならないよ」

それを聞《き》いて、フェルンが少《すこ》しうつむいた。

魚《さかな》が餌《えさ》に食《く》いついたのか、釣《つ》り糸《いと》が引《ひ》かれ、竿《さお》がしなる。フリーレンは立《た》ちあがって竿《さお》を軽《かる》く引《ひ》き、魚《さかな》を釣《つ》りあげるタイミングを計《はか》りながら、話《はなし》を続《つづ》けた。

「けど」

フェルンがフリーレンに視線《しせん》をむけ、次《つぎ》の言葉《ことば》を待《ま》つ。

「魔力《まりょく》をコントロールする力《ちから》はとても高《たか》いみたいだね。みんな、そこで手《て》こずるんだけど……その心配《しんぱい》はなさそうだし、気長《きなが》に取《と》り組《く》むことだね」

「……はい」

フェルンが再《ふたた》び水面《みなも》に視線《しせん》を落《お》とした。視線《しせん》の先《さき》には、川《かわ》に流《なが》れてきた落《お》ち葉《ば》が岩《いわ》にひっかかって何枚《なんまい》もたまっている。

フリーレンがハイター、フェルンと暮《く》らしはじめて、しばらくが過《す》ぎた。

ハイターに頼《たの》まれたとおり、フリーレンは昼《ひる》はフェルンの魔法修行《まほうしゅぎょう》にアドバイスをし、夜《よる》は賢者《けんじゃ》エーヴィヒの墓所《ぼしょ》から出土《しゅつど》した魔導書《まどうしょ》の解読《かいどく》を少《すこ》しずつ進《すす》めた。

ハイターの家《いえ》での食事《しょくじ》は、森《もり》の恵《めぐ》みをフェルンが調理《ちょうり》したものだ。夕食《ゆうしょく》をとりながらその日《ひ》の修行《しゅぎょう》について質問《しつもん》するフェルンとこたえるフリーレン、二人《ふたり》が親《した》しくなっている様子《ようす》をうれしそうに見守《みまも》るハイター、そんな日々《ひび》が続《つづ》いた。

夕食《ゆうしょく》がすむと、フリーレンは書庫《しょこ》になっている地下室《ちかしつ》で魔導書《まどうしょ》の解読《かいどく》をする。参考書《さんこうしょ》を本棚《ほんだな》から集《あつ》め、それらを読《よ》みながら暗号《あんごう》の解《と》き方《かた》を研究《けんきゅう》しては、わかったことをペンで紙《かみ》に記《しる》してゆく。

季節《きせつ》はめぐり、冬《ふゆ》が来《き》た。

ふたつ作《つく》った雪《ゆき》だるまを的《まと》にして、魔法《まほう》で攻撃《こうげき》する。フェルンが片方《かたほう》の雪《ゆき》だるまの頭部《とうぶ》を魔力《まりょく》で弾《はじ》いて下《した》に落《お》とし、まなざしでフリーレンに評価《ひょうか》をあおぐ。

するとフリーレンは手本《てほん》を示《しめ》すことでこたえた。もうひとつの雪《ゆき》だるまをまるごと魔力《まりょく》で粉々《こなごな》に砕《くだ》き、霧散《むさん》させてみせたのだ。

さらに季節《きせつ》は移《うつ》り変《か》わってゆく。

夏《なつ》、川《かわ》で水浴《みずあ》びをする三人《さんにん》。フリーレンは岩《いわ》に腰《こし》かけ、暑《あつ》そうに本《ほん》を読《よ》んでいる。

秋《あき》、落《お》ち葉《ば》が舞《ま》い散《ち》る森《もり》でフリーレンに見守《みまも》られながら、フェルンは魔力《まりょく》を練《ね》る修行《しゅぎょう》を続《つづ》ける。

また冬《ふゆ》が来《き》て、森《もり》での修行《しゅぎょう》は焚《た》き火《び》で暖《だん》をとりながらになった。

何年《なんねん》かが過《す》ぎた。肩《かた》で切《き》りそろえられていたフェルンの髪《かみ》は背中《せなか》のまんなかまで伸《の》びた。

夏《なつ》の川辺《かわべ》で、フリーレンはフェルンの足《あし》もとに魔法陣《まほうじん》を描《えが》き、新《あら》たな修行段階《しゅぎょうだんかい》に進《すす》ませる。そのかたわらでハイターは服《ふく》を脱《ぬ》ぎ、水浴《みずあ》びと日光浴《にっこうよく》だ。

年月《ねんげつ》が過《す》ぎる間《あいだ》もフリーレンは魔導書《まどうしょ》の解読《かいどく》を続《つづ》け、三人《さんにん》で語《かた》らいながらともに食事《しょくじ》をとり続《つづ》けた。ハイターがブロッコリーが苦手《にがて》なのは、冒険《ぼうけん》の旅《たび》をしていたころと変《か》わらず、すきを見《み》てはフリーレンの皿《さら》に自分《じぶん》のブロッコリーを移《うつ》してくる。

また冬《ふゆ》が来《き》て、春《はる》を迎《むか》えて、夏《なつ》が過《す》ぎる。

夜《よる》、魔導書《まどうしょ》の解読作業《かいどくさぎょう》の途中《とちゅう》で、机《つくえ》につっぷしてうたた寝《ね》するフリーレンに、ハイターとフェルンが毛布《もうふ》をそっとかけてあげた。

フェルンの髪《かみ》はさらに伸《の》び、腰《こし》の上《うえ》に達《たっ》した。もちろん身長《しんちょう》もずいぶんと伸《の》びた。

今《いま》のフェルンの修行《しゅぎょう》は、水上《すいじょう》に座《すわ》り、静《しず》かに瞑想《めいそう》すること。

水《みず》に触《ふ》れてはならず、体《からだ》を水面《みなも》ギリギリにとどめておく。気《き》が散《ち》ると魔力《まりょく》が乱《みだ》れて水面《みなも》に波《なみ》が立《た》つので、そうならない努力《どりょく》をする。

気配《けはい》をしずめて物《もの》のようになっているフェルンの頭上《ずじょう》に小鳥《ことり》がとまったが、わずかに波《なみ》が立《た》ったのにおどろいて飛《と》び去《さ》ってしまった。

フリーレンの解読作業《かいどくさぎょう》はまだ終《お》わらない。フェルン一人《ひとり》で修行《しゅぎょう》ができるようになったので、昼《ひる》も地下室《ちかしつ》でランプを点《とも》し、机《つくえ》にむかって、もくもくと暗号《あんごう》の研究《けんきゅう》を続《つづ》ける。

そこにハイターがやってきてたずねた。

「フェルンの修行《しゅぎょう》は順調《じゅんちょう》ですか？」

ふりかえらず、顔《かお》を上《あ》げたのみでフリーレンはこたえる。

「常人《じょうじん》なら十年《じゅうねん》かかる道《みち》を四年《よねん》で越《こ》えた。あの子《こ》は打《う》ちこみすぎだ。あまりいいことじゃない」

「最近《さいきん》ずっと森《もり》にこもりきりですからね。それだけ魔法《まほう》が好《す》きなのでしょう」

フリーレンは再《ふたた》び手《て》もとの紙《かみ》に視線《しせん》を落《お》とし、言《い》った。

「それでも一人前《いちにんまえ》になるのはまだ先《さき》のことだ。魔導書《まどうしょ》の解読《かいどく》のほうが早《はや》く終《お》わるよ」

「……そうですか」

そうつぶやくハイターの声《こえ》は、どこか悲《かな》しげだった。

フリーレンはペンを走《はし》らせるのを止《と》め、ハイターに聞《き》いた。

「ねぇ、ハイター……この魔導書《まどうしょ》だけど、たぶん――」

ドサッ……と重《おも》たいものが床《ゆか》に倒《たお》れる音《おと》がすぐ後《うし》ろからして、フリーレンはふりかえった。

「……ハイター？」

ハイターがうつぶせに倒《たお》れ、意識《いしき》を失《うしな》っていた。

外《そと》は嵐《あらし》になっていた。風雨《ふうう》が吹《ふ》き荒《あ》れ、ハイターの寝室《しんしつ》の窓硝子《まどガラス》にも、大粒《おおつぶ》の雨《あめ》が激《はげ》しく叩《たた》きつけられている。

ハイターをベッドに運《はこ》んで寝《ね》かせると、彼《かれ》は意識《いしき》をとりもどした。

ベッドのかたわらの椅子《いす》に座《すわ》って見守《みまも》るフリーレンに、ハイターは静《しず》かに語《かた》った。雨音《あまおと》にかき消《け》されそうなくらい、弱々《よわよわ》しい声《こえ》で。

「……そんな顔《かお》をしないでください。今《いま》までまともに動《うご》けていたほうが奇跡《きせき》だったのです」

確《たし》かに人間《にんげん》としてはめったにいないほどの高齢《こうれい》だ。

フリーレンはひとことだけこたえた。

「魔導書《まどうしょ》の解読《かいどく》、急《いそ》ぐよ」

「……お願《ねが》いします」


ハイターの寝室《しんしつ》を出《で》ると、フリーレンはフェルンをさがしに森《もり》へ行《い》った。

この風雨《ふうう》の中《なか》でも、フェルンは休《やす》むことなく崖《がけ》の縁《ふち》に立《た》ち、むかいの崖《がけ》の上《うえ》にある一番《いちばん》岩《いわ》を、杖《つえ》から放《はな》った魔力《まりょく》で打《う》ち抜《ぬ》こうとしていた。

数年前《すうねんまえ》、始《はじ》めたころよりはずっと魔力《まりょく》も多《おお》くなり、軌道《きどう》も安定《あんてい》してまっすぐ伸《の》びるようになっていたが、どうしてもあと少《すこ》しで届《とど》かない。

フリーレンは集中《しゅうちゅう》しているフェルンに声《こえ》をかけた。

「フェルン、修行《しゅぎょう》は中止《ちゅうし》だ。ハイターが倒《たお》れた。そばにいてやってくれ」

フェルンはふりかえらず、一番岩《いちばんいわ》を見《み》つめたままこたえた。

「……まだ一番岩《いちばんいわ》を打《う》ち抜《ぬ》けておりません」

「それはいずれ必《かなら》ずできることだ。今《いま》は——」

フリーレンの説得《せっとく》を、強《つよ》い調子《ちょうし》でフェルンがさえぎった。

「いずれでは駄目《だめ》なのです」

意地《いじ》を張《は》ってふりむこうとすらしないフェルンに、フリーレンは面食《めんく》らった。

「いずれでは……ハイター様《さま》が死《し》んでしまう……」

フェルンの必死《ひっし》の声《こえ》にフリーレンはハッとした。

フェルンが修行《しゅぎょう》に熱心《ねっしん》なのは、魔法《まほう》が好《す》きだからだろうとハイターが言《い》っていたが……。

そういうことではなかったのかもしれない。

フェルンが告《つ》げた。

「私《わたし》はあの方《かた》に命《いのち》を救《すく》われました」


それは、フェルンがフリーレンと出会《であ》う数年前《すうねんまえ》。

生《う》まれ故郷《こきょう》である南側諸国《みなみがわしょこく》は、ひどい状況《じょうきょう》になっていた。

戦災《せんさい》により両親《りょうしん》も家《いえ》も失《うしな》った幼《おさな》いフェルンは、高《たか》い高《たか》い崖《がけ》の縁《ふち》に立《た》ち、眼下《がんか》に広《ひろ》がる破《は》壊《かい》された村《むら》をぼんやりと見《み》つめていた。まだ黒煙《こくえん》があちこちでくすぶっている。

フェルン自身《じしん》も炎《ほのお》の中《なか》を逃《に》げ惑《まど》い、服《ふく》には焼《や》け焦《こ》げができ、手《て》も顔《かお》もすすと泥《どろ》で汚《よご》れきっていた。

フェルンは手《て》にしていたロケットペンダントを開《あ》けた。笑顔《えがお》の両親《りょうしん》とともに、幸《しあわ》せだったころの自分《じぶん》がうつる写真《しゃしん》が入《はい》っている。

涙《なみだ》がこみあげてきた。

ひとりぼっちになってしまい、とうてい生《い》きてはいけない。

この崖《がけ》からとびおりれば、両親《りょうしん》がむかったのと同《おな》じ場所《ばしょ》に行《い》けるはず。

もう一度《いちど》両親《りょうしん》の写真《しゃしん》を見《み》つめてから、フェルンは覚悟《かくご》を決《き》めた。高《たか》さにすくむ足《あし》を一歩《いっぽ》前《まえ》に――。

『今《いま》死《し》ぬのはもったいないと思《おも》いますよ』

年老《としお》いた男《おとこ》の人《ひと》の穏《おだ》やかな声《こえ》が背後《はいご》から聞《き》こえた。

どきりとして、フェルンはふりかえった。

眼鏡《めがね》をかけた背《せ》の高《たか》い老紳士《ろうしんし》が倒木《とうぼく》に腰《こし》かけていた。質素《しっそ》だが品《ひん》のよさそうな服装《ふくそう》で、手《て》には酒瓶《さかびん》を持《も》っている。

『……もったいない……？』

フェルンのつぶやきに、老紳士《ろうしんし》は一人語《ひとりがた》りを始《はじ》めた。

『もうずいぶん前《まえ》になりますか……古《ふる》くからの友人《ゆうじん》を亡《な》くしましてね……。私《わたし》とは違《ちが》って
ひたすらにまっすぐで、困《こま》っている人《ひと》をけっして見捨《みす》てないような人間《にんげん》でした』
彼《かれ》が何《なに》を言《い》いたいのか、フェルンにはわからなかった。おかまいなしに老紳士《ろうしんし》は、手《て》も
との酒瓶《さかびん》に視線《しせん》をむけたまま話《はな》し続《つづ》ける。
『私《わたし》ではなく彼《かれ》が生《い》き残《のこ》っていれば、多《おお》くのものを救《すく》えたはずです。私《わたし》は彼《かれ》とは違《ちが》うので、
おとなしく余生《よせい》を過《す》ごそうと思《おも》っていたのですが、あるときふと気《き》がついてしまいまして』
老紳士《ろうしんし》は酒瓶《さかびん》を軽《かる》くゆする。
『私《わたし》がこのまま死《し》んだら、彼《かれ》から学《まな》んだ勇気《ゆうき》や意志《いし》や友情《ゆうじょう》や、大切《たいせつ》な思《おも》い出《で》まで、この世《よ》
からなくなってしまうのではないかと』
大切《たいせつ》な思《おも》い出《で》……フェルンはこの写真《しゃしん》を撮《と》ったときの興奮《こうふん》や幸《しあわ》せな気分《きぶん》を思《おも》い出《だ》した。
魔法《まほう》で写真《しゃしん》を撮《と》ってくれる魔法使《まほうつか》いの前《まえ》ではしゃぐフェルンを、じっとしていないと写真《しゃしん》
が撮《と》れないよ、とやさしく諭《さと》す両親《りょうしん》の笑顔《えがお》を……。
『あなたの中《なか》にも大切《たいせつ》な思《おも》い出《で》があるとすれば、死《し》ぬのはもったいないと思《おも》います』
老紳士《ろうしんし》――ハイターの言葉《ことば》に、フェルンはロケットペンダントをぎゅっとにぎりしめた。

嵐《あらし》が吹《ふ》きすさぶ崖《がけ》の上《うえ》で、長《なが》い髪《かみ》を吹《ふ》き乱《みだ》されながらフェルンは一番岩《いちばんいわ》を見《み》つめるのをやめ、ゆっくりとフリーレンをふりかえった。

「ハイター様《さま》はずっと、私《わたし》を置《お》いて死《し》ぬことを危惧《きぐ》しておりました。あの方《かた》は正《ただ》しいことをしたのです」

フリーレンをまっすぐに見据《みす》え、フェルンははっきりと述《の》べる。

「救《すく》ったことを後悔《こうかい》してほしくない。魔法使《まほうつか》いでもなんでもいい。一人《ひとり》で生《い》きていく術《すべ》を身《み》につけることが、私《わたし》の恩返《おんがえ》しなのです。救《すく》ってよかったと、もう大丈夫《だいじょうぶ》だと、そう思《おも》ってほしいのです」

その決意《けつい》に感心《かんしん》し、フリーレンはわずかに笑《え》みを浮《う》かべた。フェルンに問《と》う。

「私《わたし》が教《おし》えたことは全部覚《ぜんぶおぼ》えているよね」

「はい」

「じゃあ好《す》きにすればいい」

フェルンの表情《ひょうじょう》がゆるんだ。

ハイターはほとんどの時間《じかん》をベッドに横《よこ》になって過《す》ごすようになってしまった。
フリーレンは魔導書《まどうしょ》の解読《かいどく》を急《いそ》いだ。地下室《ちかしつ》にこもり、ひたすらに打《う》ちこむ。
フェルンはいっそう魔法《まほう》の修行《しゅぎょう》に励《はげ》む。もう森《もり》で瞑想《めいそう》していても、頭《あたま》にとまった小鳥《ことり》が
おどろいて飛《と》び去《さ》ることはない。魔力《まりょく》を安定《あんてい》させる技術《ぎじゅつ》が身《み》についてきたのだ。
澄《す》んだ水《みず》をたたえた湖《みずうみ》で、水面《みなも》ギリギリの宙《ちゅう》に立《た》つフェルンの足《あし》もとからは、ポロン
……ときれいな波紋《はもん》がたった一度《いちど》だけ広《ひろ》がった。
フェルンは魔力《まりょく》を体内《たいない》にたぎらせ、練《ね》り上《あ》げる。魔力《まりょく》は服《ふく》の裾《すそ》や髪《かみ》を激《はげ》しくうねらせる
が、鏡《かがみ》のような湖面《こめん》にはさざ波《なみ》ひとつもできない。体《からだ》の周囲《しゅうい》が発光《はっこう》しだした。

やがて、フェルンは一番岩《いちばんいわ》とむかいあう崖《がけ》の上《うえ》へむかった。
崖《がけ》の縁《ふち》に立《た》つと、一番岩《いちばんいわ》を見据《みす》え、杖《つえ》をかまえる。
魔力《まりょく》を練《ね》り上《あ》げて杖《つえ》に集《あつ》め——宙《ちゅう》に魔法陣《まほうじん》を展開《てんかい》させると、その中心《ちゅうしん》からまばゆく輝《かがや》く
強《つよ》い魔法《まほう》を放《はな》った。

一方《いっぽう》……フリーレンはついに魔導書《まどうしょ》の解読《かいどく》を終《お》え、ハイターのそばに行《い》った。ベッドで

寝《ね》ているハイターの胸《むね》の上《うえ》に紙《かみ》の束《たば》を落《お》とす。解読《かいどく》した文章《ぶんしょう》をまとめたものだ。

解読《かいどく》が終《お》わったと理解《りかい》して、フリーレンにまなざしをむけ、ハイターが微笑《ほほえ》んだ。

フリーレンは椅子《いす》に座《すわ》りながら言《い》った。

「死者《ししゃ》の蘇生《そせい》も、不死《ふし》の魔法《まほう》も、書《か》かれていなかったよ」

「そうですか」

と視線《しせん》をそらし、ハイターがあっさりとこたえたので、フリーレンは聞《き》いた。

「知《し》っていたの？」

「死《し》への恐怖《きょうふ》は計《はか》り知《し》れないものです。そんなものがあるなら、エーヴィヒ自身《じしん》が使《つか》っていたでしょう」

「じゃあ、なぜ……」

フリーレンの問《と》いにはこたえず、ハイターはあらためてフリーレンを見《み》た。

「フェルンはどうなりましたか？」

「……まだ粗《あら》いところはあるけど……一人前《いちにんまえ》と言《い》っても遜色《そんしょく》のないレベルだよ」

ハイターはうれしそうな表情《ひょうじょう》になった。

「そうですか、間《ま》に合《あ》いましたか」

意味《いみ》がわからずハイターをうかがうフリーレンに、ハイターはこたえた。

「もう足手《あしで》まといではありませんね、フリーレン」

フリーレンは、ハイターの本当《ほんとう》の意図《いと》に気《き》づいた。魔導書《まどうしょ》の解読《かいどく》をさせたのは……フェルンが成長《せいちょう》するまでの時間稼《じかんかせ》ぎだったと。

――『フェルンには魔法使《まほうつか》いとしての素質《そしつ》があります。あなたの旅《たび》に連《つ》れていってはくれませんか？』

――『ごめんハイター、それだけはできない。足手《あしで》まといになるから』

この家《いえ》に来《き》たばかりのときに交《か》わした会話《かいわ》を思《おも》い出《だ》し、フリーレンはハイターに言《い》ってやった。

「……謀《はか》ったな、ハイター」

「はっはっは」

昔《むかし》のように笑《わら》ったハイターは、すぐ真剣《しんけん》な顔《かお》になった。

「……解読《かいどく》の手間賃《てまちん》は机《つくえ》の引《ひ》き出《だ》しに。今夜《こんや》にはここを発《た》ってください」

「なんのつもり？」

「見《み》てのとおり、私《わたし》はもう長《なが》くはありません。私《わたし》はあの子《こ》にこれ以上《いじょう》、誰《だれ》かを失《うしな》うような経験《けいけん》をさせたくないのです」

隣《となり》の台所《だいどころ》では、崖《がけ》からもどってきたフェルンが夕食《ゆうしょく》の支度《したく》をしている。かつてハイターが使《つか》っていた調理台《ちょうりだい》にも充分《じゅうぶん》に手《て》が届《とど》き、フリーレンが来《き》たばかりのころ使《つか》っていた踏《ふ》み台《だい》はもう必要《ひつよう》ない。

「フリーレン、フェルンを頼《たの》みましたよ」

無言《むごん》で聞《き》いていたフリーレンは、少《すこ》しため息交《いきま》じりにたずねた。

「……また格好《かっこう》をつけるのか、ハイター？」

とまどった様子《ようす》のハイターに、フリーレンは告《つ》げた。

「フェルンはとっくに別《わか》れの準備《じゅんび》はできている」

声《こえ》を震《ふる》わせながら、フリーレンはハイターを諭《さと》した。

「お前《まえ》が死《し》ぬまでにやるべきことは、あの子《こ》にしっかりと別《わか》れを告《つ》げて、なるべくたくさんの思《おも》い出《で》を作《つく》ってやることだ……」

戦災《せんさい》で、ある日突然両親《ひとつぜんりょうしん》を奪《うば》われた経験《けいけん》をもつフェルンに必要《ひつよう》なこと……。

うつむいたフリーレンの瞳《ひとみ》から涙《なみだ》があふれ、ぽたぽたと、膝《ひざ》の上《うえ》でにぎりしめたこぶしにしたたった。

ハイターが静《しず》かにつぶやいた。

「……フリーレン、あなたはやはり、やさしい子《こ》です」

料理《りょうり》をするフェルンの手《て》が止《と》まったようだ。

涙《なみだ》をぬぐっているのだろう。

フリーレンは立《た》ちあがり、ハイターの寝室《しんしつ》から出《で》ていこうとして、ふとドアのところで足《あし》を止《と》めた。たずねる。

「ねぇ、なんでフェルンを救《すく》ったの?」

ハイターは天井《てんじょう》を見《み》あげた。


崖《がけ》からとびおりようとしていた幼《おさな》いフェルンに出会《であ》ったとき、酒瓶《さかびん》を見《み》つめながらハイターが思《おも》い出《だ》していたのは、ヒンメルだった。

若《わか》き日《ひ》の冒険《ぼうけん》のとき。

旅《たび》の途中《とちゅう》で魔族《まぞく》に馬車《ばしゃ》が襲《おそ》われ、負傷《ふしょう》して困《こま》っていた人《ひと》に、ヒンメルは迷《まよ》うことなく手《て》をさしのべていた。地面《じめん》に膝《ひざ》をついて、うずくまる人《ひと》と同《おな》じ目《め》の高《たか》さになり、やさしく、根気強《こんきづよ》く話《はなし》を聞《き》いていた。

ハイターはフリーレンにこたえた。

「勇者《ゆうしゃ》ヒンメルなら、そうしました」

「そうだね……」

と、フリーレンも納得《なっとく》した。

そののち、フリーレンは一人《ひとり》で森《もり》を抜《ぬ》け、フェルンが連日修行《れんじつしゅぎょう》していた崖《がけ》に行《い》った。フェルンの修行《しゅぎょう》の成果《せいか》がそこにはあった。

高《たか》い崖《がけ》の上《うえ》に腰《こし》をおろし、フリーレンは峡谷《きょうこく》をはさんだむかいの崖《がけ》の上《うえ》をながめた。

一番岩《いちばんいわ》に、見事《みごと》なほど大《おお》きな穴《あな》が開《あ》いていた。

穴《あな》ごしに、晴《は》れ渡《わた》った空《そら》を行《い》く鳥《とり》の群《む》れが見《み》える。爽快《そうかい》なながめだった。

一人前《いちにんまえ》になることでハイターに恩返《おんがえ》しがしたいと、怠《おこた》らずとことん打《う》ちこんだフェルンの努力《どりょく》が、あの穴《あな》に刻《きざ》まれている。

『勇者《ゆうしゃ》ヒンメルなら、そうしました』――というハイターの言葉《ことば》に、フリーレンはひとりごとでこたえた。

「じゃあ私《わたし》も、そうするとするかな」

そして……ハイターは信仰《しんこう》する女神様《めがみさま》のもとへと召《め》された。

聖都《せいと》シュトラールの大聖堂《だいせいどう》でハイターの葬儀《そうぎ》は行《おこな》われ、郊外《こうがい》の墓地《ぼち》に埋葬《まいそう》された。

ハイターの墓石《はかいし》に、彼《かれ》が好《す》きだった酒《さけ》をたっぷりと注《そそ》ぎかけながら、フリーレンとフェルンは彼《かれ》に別《わか》れを告《つ》げた。二人《ふたり》はこれから冒険者《ぼうけんしゃ》として旅《たび》に出《で》る。

フェルンがフリーレンにお礼《れい》を伝《つた》えた。

「ありがとうございました。おかげでハイター様《さま》に恩《おん》を返《かえ》すことができました」

「私《わたし》はただしてやられただけだよ。この生臭坊主《なまぐさぼうず》に」

さらにもう一本《いっぽん》の酒瓶《さかびん》の栓《せん》を抜《ぬ》き、中身《なかみ》を全部《ぜんぶ》墓石《はかいし》に注《そそ》ぎ終《お》えると、強《つよ》い酒《さけ》の香《かお》りの中《なか》でフリーレンはフェルンに告《つ》げた。

「じゃあ、行《い》こうか」


勇者《ゆうしゃ》ヒンメルの死《し》から二十六年後《にじゅうろくねんご》。

中央諸国《ちゅうおうしょこく》、ターク地方《ちほう》。


農村《のうそん》が点在《てんざい》するこのあたりでは、ちょうどカボチャの収穫時期《しゅうかくじき》を迎《むか》えていた。

旅《たび》を始《はじ》めたフリーレンとフェルンは、町《まち》や村《むら》で困《こま》っている人《ひと》を魔法《まほう》で手助《てだす》けし、お礼《れい》の品《しな》や報酬《ほうしゅう》を受《う》けとっていた。

今日《きょう》はカボチャを収穫《しゅうかく》し、牛《うし》が引《ひ》く荷車《にぐるま》にのせる手伝《てつだ》いだ。大《おお》きく育《そだ》ったカボチャは重《おも》く、人間《にんげん》が地面《じめん》から持《も》ちあげて運《はこ》ぶのは重労働《じゅうろうどう》だった。

フリーレンとフェルンは魔法《まほう》でカボチャを軽々《かるがる》と宙《ちゅう》に浮《う》かせ、空中《くうちゅう》を滑《すべ》らせて次《つぎ》から次《つぎ》へと荷車《にぐるま》におろす。

荷車《にぐるま》がいっぱいになったところで、フリーレンがフェルンを止《と》めた。

「もういいよ、フェルン。終《お》わりだ」

二人《ふたり》が荷車《にぐるま》につきそい、依頼主《いらいぬし》である中年《ちゅうねん》の農民《のうみん》の自宅《じたく》までカボチャを運《はこ》ぶ。

家《いえ》に着《つ》くと、農民《のうみん》は室内《しつない》から古《ふる》びた紙《かみ》をとってきた。

「おかげで助《たす》かりました。こちらは約束《やくそく》の報酬《ほうしゅう》です」


古《ふる》びた紙《かみ》を受《う》けとったフリーレンは、フェルンを伴《ともな》って再《ふたた》び歩《ある》きだした。歩《ある》きながら、筒状《つつじょう》に丸《まる》めて紐《ひも》で結《むす》んであった紙《かみ》を広《ひろ》げ、内容《ないよう》を確認《かくにん》する。

フェルンが話《はな》しかけてきた。

「地味《じみ》な仕事《しごと》ばかりでございますね」

「冒険者《ぼうけんしゃ》なんてこんなものだよ」

「報酬《ほうしゅう》はなんだったのですか？」

「民間魔法《みんかんまほう》。温《あたた》かいお茶《ちゃ》が出《で》てくる魔法《まほう》だって。あとで実験《じっけん》しよう」

報酬《ほうしゅう》は食《た》べ物《もの》や金銭《きんせん》のときもあったが、人々《ひとびと》の間《あいだ》に残《のこ》されたささやかな魔法《まほう》のやり方《かた》の記録《きろく》をフリーレンは特《とく》に好《この》んだ。

フェルンがあきれ顔《がお》になる。

「この前《まえ》は銅像《どうぞう》のサビをきれいにとる魔法《まほう》。それまた前《まえ》は甘《あま》い葡萄《ぶどう》を酸《す》っぱい葡萄《ぶどう》に変《か》える魔法《まほう》。変《へん》な魔法《まほう》ばかり集《あつ》めていますね」

フリーレンが試《ため》した魔法《まほう》で酸《す》っぱくなった葡萄《ぶどう》を、食《た》べさせられたのはフェルンだ。

「趣味《しゅみ》だからね」

ふりむきもせず、もらった紙《かみ》を読《よ》みながらフリーレンがこたえる。

「フリーレン様《さま》は本当《ほんとう》に魔法《まほう》がお好《す》きなのですね」

「ほどほどだよ。フェルンと同《おな》じで」

前《まえ》をゆくフリーレンの背中《せなか》からちょっと目《め》をそらし、フェルンはつぶやいた。

「少《すこ》し違《ちが》うような気《き》がします」

「同《おな》じだよ」

読《よ》み続《つづ》けつつ、フリーレンがたんたんとこたえた。

歩《ある》いてゆくと、山間《さんかん》にあるやや規模《きぼ》の大《おお》きい村《むら》に着《つ》いた。

この村《むら》の広場《ひろば》で出会《であ》った老婦人《ろうふじん》が、二人《ふたり》が旅《たび》の冒険者《ぼうけんしゃ》だと知《し》ると、頼《たの》みたいことがあると言《い》ってきた。

村人《むらびと》たちが広場《ひろば》にある泉《いずみ》で水《みず》をくんだり、ベンチで休憩《きゅうけい》したり、おしゃべりをしたりしている。その中《なか》を老婦人《ろうふじん》と会話《かいわ》しながら、二人《ふたり》は歩《ある》く。

「本当《ほんとう》に頼《たの》みごとを聞《き》いてもらってもいいのかしら？　私《わたし》は薬草家《やくそうか》だから、教《おし》えられそうな魔法《まほう》はないのだけれども……」

「かまわないよ。この地方《ちほう》の植生《しょくせい》を教《おし》えてくれるだけでも助《たす》かるから」

薬草家《やくそうか》の老婦人《ろうふじん》が二人《ふたり》を案内《あんない》したのは、村《むら》はずれにある森《もり》の中《なか》だった。初夏《しょか》の梢《こずえ》に緑《みどり》が美《うつく》しい。

「ここよ」

開《ひら》けた場所《ばしょ》に、木漏《こも》れ日《び》に照《て》らされた銅像《どうぞう》が一体《いったい》、ぽつりと立《た》っていた。剣《けん》を手《て》に直立《ちょくりつ》した姿勢《しせい》のその銅像《どうぞう》はサビと土《つち》ぼこりで薄汚《うすよご》れ、全体《ぜんたい》につる草《くさ》が巻《ま》きついている。

フリーレンは、無言《むごん》で見《み》つめる。

フェルンはその像《ぞう》のモデルについて聞《き》いたことがあったので、薬草家《やくそうか》に確認《かくにん》する。

「勇者《ゆうしゃ》ヒンメル様《さま》の像《ぞう》ですか」

ハイターとフリーレンのかつての仲間《なかま》だったという勇者《ゆうしゃ》……。

薬草家《やくそうか》は少《すこ》しさびしそうに語《かた》った。

「ひどい有《あ》り様《さま》でしょう。年寄《としよ》り一人《ひとり》ではもうどうしようもなくてね。村《むら》の人《ひと》たちはもう、関心《かんしん》がないのよ」


薬草家《やくそうか》の老婦人《ろうふじん》は遠《とお》い昔《むかし》を思《おも》い出《だ》していた。

彼女《かのじょ》が幼《おさな》かったころ、この村《むら》は魔物《まもの》に襲《おそ》われた。

家《いえ》がいくつも破壊《はかい》され、台所《だいどころ》や暖炉《だんろ》から出火《しゅっか》して火事《かじ》があちこちで起《お》こった。

人々《ひとびと》は逃《に》げ惑《まど》い、腰《こし》が抜《ぬ》けてしまった彼女《かのじょ》は広場《ひろば》の石畳《いしだたみ》にへたりこんだまま、動《うご》くことができなかった。

煙《けむり》の漂《ただよ》う中《なか》、魔物《まもの》が足《あし》を踏《ふ》み鳴《な》らしながらゆっくりと広場《ひろば》へむかってくる。とり残《のこ》された彼女《かのじょ》の視界《しかい》に、おぞましい姿《すがた》が露《あら》わになった。

獲物《えもの》を見《み》つけた魔物《まもの》が歩《あゆ》みよってきて、うなり声《ごえ》をあげ、彼女《かのじょ》に手《て》を伸《の》ばし――。

彼女《かのじょ》は恐怖《きょうふ》で目《め》をつぶり、体《からだ》をかたくした。

しかし……痛《いた》みが彼女《かのじょ》を貫《つらぬ》くことはなく、かわりに肉《にく》を断《た》つような音《おと》がすぐ近《ちか》くから聞《き》こえた。

おそるおそる目《め》を開《あ》けると、そこには彼女《かのじょ》をかばう大《おお》きな背中《せなか》があった。剣《けん》を手《て》にし、マントをはためかせたその青年《せいねん》は、ゆっくりふりむくとやさしく微笑《ほほえ》んで、手《て》をさしのべてくれた……。


薬草家《やくそうか》は悲《かな》しげに言葉《ことば》を続《つづ》ける。

「ヒンメル様《さま》は村《むら》が魔物《まもの》に襲《おそ》われたとき、必死《ひっし》に戦《たたか》ってくれたのに……こんな仕打《しう》ちはあまりにもかわいそうだわ」

フェルンが共感《きょうかん》をこめた目《め》で薬草家《やくそうか》を見《み》ていると、フリーレンがクールに言《い》い放《はな》った。

「いや、自業自得《じごうじとく》だね。目立《めだ》ちたがり屋《や》のヒンメルが悪《わる》い。村人《むらびと》が像《ぞう》を建《た》てるって言《い》ったときに断《ことわ》っていればよかったんだ」

フリーレンは思《おも》い出《だ》した。

銅像《どうぞう》のモデルをするヒンメルにつきあわされたときのことを。

『大丈夫《だいじょうぶ》？　このポーズ、イケメンすぎない？』

と、職人《しょくにん》の工房《こうぼう》でさんざん悩《なや》み、机《つくえ》の上《うえ》でポーズをとった状態《じょうたい》で、ああでもない、こうでもないといつまでも果《は》てしなくやっているヒンメルの横《よこ》で、ハイターは椅子《いす》に座《すわ》ったまま眠《ねむ》りこけ、アイゼンは冷静《れいせい》に諭《さと》す。

『いいから早《はや》く決《き》めなさい』

アイゼンの隣《となり》にいたフリーレンは空腹《くうふく》に耐《た》えきれず、涙目《なみだめ》で訴《うった》えた。

『お腹《なか》すいた～～～～～～』

ポーズが決《き》まるのを待《ま》つ職人《しょくにん》はいらついていてガマンの限界《げんかい》に達《たっ》したようだ。肩《かた》を震《ふる》わせている……。

「ポーズに十八時間《じゅうはちじかん》悩《なや》んで、職人《しょくにん》さんブチギレさせるし。結局《けっきょく》、バカみたいに無難《ぶなん》なポーズに落《お》ち着《つ》いたんだよね」

かすかに思《おも》い出《だ》し笑《わら》いをしているようなフリーレンを、フェルンが見《み》ていた。

「不思議《ふしぎ》なことを言《い》うのね」

と、〝まるで見《み》てきたかのように語《かた》る魔法使《まほうつか》い〟にとまどった薬草家《やくそうか》が、あらためてじっくりとフリーレンの姿《すがた》を見《み》つめた。

そして、つぶやく。

「そういえば、勇者様《ゆうしゃさま》ご一行《いっこう》には、エルフの魔法使《まほうつか》いがいたわね」

フリーレンは薬草家《やくそうか》をふりむくと、彼女《かのじょ》に見《み》えるように左手《ひだりて》を広《ひろ》げ、何《なに》もない手《て》のひらに杖《つえ》を出現《しゅつげん》させた。

「じゃあ片《かた》づけようか」

銅像《どうぞう》のサビを落《お》とす魔法《まほう》などを二人《ふたり》が駆使《くし》し、勇者《ゆうしゃ》ヒンメル像《ぞう》は日《ひ》の光《ひかり》をピカピカと照《て》り返《かえ》すほどきれいになった。台座《だいざ》のまわりにぼうぼうと茂《しげ》っていた雑草《ざっそう》も取《と》り除《のぞ》かれ、丈《たけ》の短《みじか》い芝草《しばくさ》だけが残《のこ》っている。

薬草家《やくそうか》が感激《かんげき》した。

「助《たす》かったわ。魔法《まほう》ってすごいのね。特《とく》に銅像《どうぞう》、サビひとつないわ」

むふー、とフリーレンが得意《とくい》げに息《いき》をもらす。

台座《だいざ》の周囲《しゅうい》を見回《みまわ》した薬草家《やくそうか》が言《い》った。

「少《すこ》し彩《いろど》りが欲《ほ》しいわね。あとで花《はな》でも植《う》えようかしら」

フェルンが聞《き》く。

「フリーレン様《さま》、花畑《はなばたけ》を出《だ》す魔法使《まほうつか》えましたよね」

その言葉《ことば》に、薬草家《やくそうか》もフリーレンをふりむく。

フリーレンも少《すこ》し考《かんが》え、杖《つえ》を高《たか》くかまえた。

「そうだね。何《なに》か適当《てきとう》な花《はな》でも――」

その瞬間《しゅんかん》、フリーレンの頭《あたま》の中《なか》で、ヒンメルの記憶《きおく》のひとかけらがよみがえった。

彼《かれ》が言《い》っていたのは……。

フリーレンはまばたきし、思《おも》い直《なお》して杖《つえ》をおろした。つぶやく。

「……いや、蒼月草《そうげつそう》の花《はな》がいいか」

初《はじ》めて聞《き》いた花《はな》の名《な》なのか、フェルンがたずねる。

「……それはどのような花《はな》なのですか？」

「知《し》らない。見《み》たことないから」

「ではなぜ……」

「ヒンメルの故郷《こきょう》の花《はな》だ」

「でも見《み》たことない花《はな》は魔法《まほう》では……？」

出《だ》すことができない、と言《い》いたげなフェルンを置《お》いて、フリーレンは薬草家《やくそうか》に歩《あゆ》みよった。すると薬草家《やくそうか》がにこりと笑《わら》った。

薬草家《やくそうか》は二人《ふたり》を自宅《じたく》へと招《まね》いてくれた。村《むら》から少《すこ》し離《はな》れた深《ふか》い森《もり》の近《ちか》くの一軒家《いっけんや》だ。

さすが、長年研究《ながねんけんきゅう》を続《つづ》けてきた薬草家《やくそうか》だ。室内《しつない》にはさまざまな種類《しゅるい》の薬草《やくそう》が束《たば》ねてつるされているし、部屋《へや》のあちこちに置《お》かれた多《おお》くのバスケットにも、干《ほ》した薬草《やくそう》がいっぱいに入《はい》っている。

室内《しつない》にはやすらぐ香《かお》りが満《み》ちていた。

薬草家《やくそうか》が植物図鑑《しょくぶつずかん》を書架《しょか》からとりだし、あるページを広《ひろ》げてテーブルに置《お》いた。

薄青《うすあお》の花《はな》びらをもつ可憐《かれん》な花《はな》が一輪《いちりん》、細《こま》かく丁寧《ていねい》に描《えが》かれている。

これが蒼月草《そうげつそう》の花《はな》らしい。

「蒼月草《そうげつそう》。懐《なつ》かしい名前《なまえ》ね」

そう言《い》いながら、薬草家《やくそうか》は薬《くすり》の調合作業《ちょうごうさぎょう》を始《はじ》めた。すり鉢《ばち》に干《ほ》した薬草《やくそう》を何種類《なんしゅるい》か入《い》れて、小《ちい》さなすりこぎですり潰《つぶ》しながら混《ま》ぜあわせる。

窓《まど》の外《そと》へまなざしをむけ、薬草家《やくそうか》はつぶやいた。

「昔《むかし》はあの森《もり》の奥《おく》にも、群生地《ぐんせいち》があったんだけれどもね」

花《はな》の絵図《えず》をのぞきこむフリーレンたちの背後《はいご》で、カリカリ、ポリポリ、と硬《かた》いものをかじるような音《おと》がする。

音《おと》が気《き》になったフェルンがふりかえると、棚《たな》に置《お》かれた種袋《たねぶくろ》をあさり、こぼれた種子《しゅし》を前足《まえあし》でつかんで口《くち》へ運《はこ》ぶ小《ちい》さな動物《どうぶつ》が二匹《にひき》いた。

つやつやした毛皮《けがわ》に包《つつ》まれ、胴体《どうたい》と同《おな》じくらいの長《なが》さのふさふさした尻尾《しっぽ》をもち、ぴょこぴょこ動《うご》く耳《みみ》とつぶらな瞳《ひとみ》がとてもかわいらしい。

気配《けはい》にふりむいたその小動物《しょうどうぶつ》とフェルンの目《め》が合《あ》う。カボチャの収穫《しゅうかく》を手伝《てつだ》ったときにも、このかわいらしい生《い》き物《もの》を見《み》かけた。カボチャをかじって穴《あな》を開《あ》け、中《なか》にもぐりこんで種《たね》を食《た》べていた。

一方《いっぽう》フリーレンは薬草家《やくそうか》と話《はな》しこんでいる。

「ここらへんにはもうないの？」

「……絶滅《ぜつめつ》したのよ。この大陸《たいりく》での目撃例《もくげきれい》は、もう何十年《なんじゅうねん》もないわ……」

その間《あいだ》にフェルンは小動物《しょうどうぶつ》にそっと近《ちか》づいた。

フリーレンが「……そう」と言《い》いながら植物図鑑《しょくぶつずかん》を閉《と》じる。

「フェルン、行《い》くよ」

フェルンはあわてて小動物《しょうどうぶつ》を二匹《にひき》ともローブのふところに隠《かく》した。

「……はい」

怪《あや》しんだフリーレンが、ローブの前《まえ》をおさえるフェルンに近《ちか》づき、肩《かた》に手《て》を置《お》く。

「何《なに》か隠《かく》したね。怒《おこ》らないから見《み》せなさい」

少《すこ》しためらってから、フェルンは手《て》にのせた二匹《にひき》の小動物《しょうどうぶつ》をゆっくりととりだした。

フリーレンが教《おし》えてくれる。

「シードラットだね。種《たね》を食《た》べる害獣《がいじゅう》だよ」

害獣《がいじゅう》……と聞《き》いて、フェルンはこたえた。

「森《もり》へ返《かえ》します」

楓《かえで》の木《き》が目立《めだ》つ森《もり》の中《なか》で、フェルンは二匹《にひき》のシードラットを放《はな》した。ピョコッと耳《みみ》を動《うご》かし、ふりむきつつ木々《きぎ》の奥《おく》へと二匹《にひき》は駆《か》け去《さ》っていった。

シードラットが見《み》えなくなると、フリーレンが言《い》った。

「じゃあフェルン、蒼月草《そうげつそう》をさがしにいこうか」

「本気《ほんき》でございますか？」

絶滅《ぜつめつ》したと薬草家《やくそうか》は話《はな》していた。無駄足《むだあし》ではないのだろうか。

フェルンはそう疑《うたが》ったがフリーレンは気《き》にしていないようだ。

「少《すこ》し前《まえ》までこの森《もり》の奥《おく》に群生地《ぐんせいち》が——」

と言《い》いつつ、足《あし》もとから、古《ふる》い落《お》ち葉《ば》を一枚拾《いちまいひろ》う。

「何十年《なんじゅうねん》も前《まえ》です」

フェルンはフリーレンの言葉《ことば》をさえぎった。長《なが》い長《なが》い時《とき》を生《い》きているフリーレンの時間《じかん》感覚《かんかく》は人間《にんげん》とはかなり異《こと》なる。

フェルンが遠回《とおまわ》しな言《い》い方《かた》で止《と》めているのに、フリーレンはかまわず続《つづ》けた。

「でもさがす価値《かち》はあるよ」

手《て》にした楓《かえで》の落《お》ち葉《ば》をもてあそびながら、語《かた》る。

「実物《じつぶつ》を見《み》つけて分析《ぶんせき》すれば、蒼月草《そうげつそう》の花《はな》を咲《さ》かせる魔法《まほう》が手《て》に入《はい》る」

「ヒンメル様《さま》のためですか？」

「いや……きっと自分《じぶん》のためだ」

それから二人《ふたり》の蒼月草《そうげつそう》さがしが始《はじ》まった。

村《むら》の宿《やど》に泊《と》まり、あてのないまま広大《こうだい》な森《もり》をさがしまわる。

森《もり》の奥《おく》で、甲羅《こうら》の上《うえ》にさまざまな植物《しょくぶつ》を寄生《きせい》させた大《おお》きな亀《かめ》を見《み》つけ、手懐《てなず》けながらその植物群《しょくぶつぐん》を調《しら》べたこともあった。

薬草家《やくそうか》の家《いえ》に通《かよ》っていろいろと教《おし》えてもらい、彼女《かのじょ》の蔵書《ぞうしょ》も読《よ》みつくした。

薄青《うすあお》の花《はな》が咲《さ》く似《に》たような植物《しょくぶつ》は見《み》つけたけれど、図鑑《ずかん》の絵図《えず》とは特徴《とくちょう》が異《こと》なっている。

これではない。

時間《じかん》ばかりが過《す》ぎ、季節《きせつ》は移《うつ》ろい、夏《なつ》の盛《さか》りになった。暑《あつ》い日《ひ》も汗《あせ》をぬぐいながら森《もり》や周辺《しゅうへん》の草原《そうげん》を歩《ある》き回《まわ》る。

薬草家《やくそうか》に頼《たの》まれて見《み》つけた薬草《やくそう》を届《とど》け、大鍋《おおなべ》で煮出《にだ》す調合《ちょうごう》を手伝《てつだ》うこともあった。

毎日毎日《まいにちまいにち》、悪天候《あくてんこう》でない限《かぎ》り、あてどなく野山《のやま》を歩《ある》き回《まわ》るだけの変《か》わらない日々《ひび》。

村《むら》の店《みせ》でランチにする食料《しょくりょう》を買《か》い、それを持《も》って森《もり》へ出《で》かけ、疲《つか》れたら草《くさ》の上《うえ》に寝転《ねころ》がって休《やす》む。晴《は》れた空《そら》に雲《くも》が流《なが》れるのをながめ、舞《ま》う蝶《ちょう》を目《め》で追《お》う。また立《た》ちあがって歩《ある》きだす。森《もり》の日《ひ》だまりや草原《そうげん》の片隅《かたすみ》で数《かぞ》え切《き》れないほどの種類《しゅるい》の色《いろ》とりどりの花《はな》を見《み》た。つぼみが開《ひら》き、風《かぜ》に揺《ゆ》れ、花《はな》びらを散《ち》らして、一時《いっとき》の主役《しゅやく》の座《ざ》を次《つぎ》の花《はな》に明《あ》け渡《わた》すのを……。

そして何《なに》ひとつ成果《せいか》を得《え》られないまま、秋《あき》が訪《おとず》れた。森《もり》の木々《きぎ》の葉《は》が色《いろ》を変《か》えはじめる。

今日《きょう》も雨《あめ》あがりの森《もり》の中《なか》を歩《ある》いていて、フェルンは水《みず》たまりの泥《どろ》で靴《くつ》を汚《よご》してしまった。

もうこんな毎日《まいにち》にうんざりしていたフェルンは、とうとうたまらず、前《まえ》を歩《ある》くフリーレンの背《せ》に問《と》いかけた。

「フリーレン様《さま》、蒼月草《そうげつそう》をさがしはじめてから、もう半年《はんとし》になりますね」

ふりかえることなく、フリーレンがたんたんとこたえる。

「そうだね。そろそろ探索範囲《たんさくはんい》を広《ひろ》げようか」

まるでかみあわないその返事《へんじ》に、フェルンはがっくりとうつむいた。

その後《ご》、フェルンはフリーレンと別《わか》れ、一人《ひとり》で薬草家《やくそうか》の自宅《じたく》を訪《おとず》れた。

玄関《げんかん》ドアをノックし、少《すこ》し開《あ》けて顔《かお》をのぞかせる。すると、テーブルにむかって椅子《いす》に腰《こし》かけ、細《こま》かな作業《さぎょう》をしていた薬草家《やくそうか》が顔《かお》を上《あ》げた。

「あら、一人《ひとり》だなんてめずらしいわね」

うつむき加減《かげん》で浮《う》かない顔《かお》をしていることに気《き》がつき、薬草家《やくそうか》はフェルンを招《まね》き入《い》れると、テーブルの別《べつ》の椅子《いす》をすすめ、温《あたた》かいお茶《ちゃ》をいれてくれた。

自分《じぶん》の椅子《いす》にもどりながら、薬草家《やくそうか》が話《はな》しかける。

「あなたたちが村《むら》に来《き》て、ずいぶんになるわね。蒼月草《そうげつそう》は見《み》つかったのかしら」

「見《み》つかると思《おも》いますか？」

フェルンの言葉《ことば》に、薬草家《やくそうか》はやさしい表情《ひょうじょう》で見《み》つめ返《かえ》してきた。

そのまなざしにうながされるようにして、フェルンは胸《むね》の奥《おく》にたまっている思《おも》いを打《う》ち明《あ》けた。

「フリーレン様《さま》の魔法《まほう》に対《たい》する執着《しゅうちゃく》は異常《いじょう》です。このままでは、何年《なんねん》でも何十年《なんじゅうねん》でもさがし続《つづ》けてしまう。フリーレン様《さま》は多《おお》くの人《ひと》を救《すく》える力《ちから》をもった魔法使《まほうつか》いです。ありもしないもののために時間《じかん》を使《つか》うだなんて、あってはならないことです」

薬草家《やくそうか》は微笑《ほほえ》んだ。

「若《わか》いわね」

と言《い》いながら椅子《いす》から立《た》ちあがると、部屋《へや》の片隅《かたすみ》へと歩《ある》きだす。

「私《わたし》の考《かんが》えは間違《まちが》っているのでしょうか」

訴《うった》えかけるフェルンに、薬草家《やくそうか》は本棚《ほんだな》の下《した》の引《ひ》き出《だ》しを開《あ》けつつ、静《しず》かにこたえた。

「そうは思《おも》わないわ」

引《ひ》き出《だ》しからとりだした小《ちい》さな何《なに》かを手《て》にする。

「でも、フリーレンさんにとっては違《ちが》うのでしょうね」

引《ひ》き出《だ》しをゆっくりと閉《し》めて、薬草家《やくそうか》がもどってくる。

薬草家《やくそうか》はフェルンの手《て》をつかみ、手《て》のひらの上《うえ》にやさしく、その小《ちい》さな何《なに》かをのせてくれた。細《こま》かくて軽《かる》いものが詰《つ》められている気配《けはい》のする布袋《ぬのぶくろ》だった。

そして、こう諭《さと》す。

「だけど彼女《かのじょ》のほうが私《わたし》たちよりもずっと大人《おとな》だから、その気持《きも》ちを素直《すなお》に伝《つた》えれば、きっとわかってくれるはずよ」

もらった布袋《ぬのぶくろ》を軽《かる》くにぎってみると、小《ちい》さめの粒《つぶ》がたくさん入《はい》っているらしいことが、感触《かんしょく》でわかる。フェルンは薬草家《やくそうか》を見《み》つめ返《かえ》した。

森《もり》の中《なか》の日《ひ》だまりで、フェルンはフリーレンと並《なら》んで倒木《とうぼく》に腰《こし》かけ、思《おも》いの丈《たけ》をすべてぶつけた。フリーレンはじっとだまって話《はなし》を聞《き》いてくれた。

フェルンは薬草家《やくそうか》からもらった小《ちい》さな布袋《ぬのぶくろ》をさしだした。

「——薬効《やっこう》があるため保管《ほかん》されていた近縁種《きんえんしゅ》の種《たね》だそうです。これをかわりにヒンメル様《さま》の像《ぞう》のまわりに植《う》えるというのは……」

自分《じぶん》とフリーレンの間《あいだ》に布袋《ぬのぶくろ》を置《お》く。

「わかったよ、フェルン」

フリーレンはたんたんとそう言《い》って、倒木《とうぼく》から立《た》ちあがった。

「心配《しんぱい》させてしまったね。私一人《わたしひとり》の時間《じかん》ってわけでもない。潮時《しおどき》だ」

フリーレンはフェルンの前《まえ》に回《まわ》りこみ、ぽん、と頭《あたま》に手《て》を置《お》いて告《つ》げた。

「もう少《すこ》しさがしたら、きりあげるよ」

まださがすって——わかってもらえなかった、とショックを受《う》けたフェルンはがっくりとうつむいた。

「もう少《すこ》しって、何年《なんねん》ですか?」

「もう少《すこ》しだよ」

「あなたは本当《ほんとう》にあきらめが——」

思《おも》わず強《つよ》く言《い》いかけたフェルンを、何《なに》かに気《き》づいたフリーレンが、シーッと仕草《しぐさ》でだまらせた。

体《からだ》を動《うご》かさず、視線《しせん》だけを横《よこ》にむけるフリーレンを真似《まね》て、フェルンもそーっと横《よこ》をうかがう。

シードラットが一匹《いっぴき》、布袋《ぬのぶくろ》を器用《きよう》に開《あ》け、中《なか》から種《たね》を一粒《ひとつぶ》とりだして前足《まえあし》で持《も》ち、かじろうとしていた。

「あっ……」

フェルンがもらした声《こえ》に、ピクッ、と全身《ぜんしん》で反応《はんのう》したシードラットは、すばやく布袋《ぬのぶくろ》を口《くち》にくわえ、勢《いきお》いよく逃《に》げだした。茂《しげ》みの中《なか》へと駆《か》けこみ、たちまち姿《すがた》が見《み》えなくなる。

シードラットの速《はや》さにあっけにとられた二人《ふたり》だったが、フリーレンがつぶやいた。

「追《お》いかけてみようか」

足跡《あしあと》を追《お》う魔法《まほう》を使《つか》うと、シードラットの足跡《あしあと》が青白《あおじろ》く光《ひか》って、地面《じめん》をうめつくす落《お》ち葉《ば》の上《うえ》に浮《う》かんだ。

足跡《あしあと》をたどって歩《ある》きだしたフリーレンに、フェルンもついてゆく。

森《もり》の中《なか》の獣道《けものみち》を、草《くさ》をかきわけながら歩《ある》き、飛《と》び石伝《いしづた》いに水《みず》の流《なが》れる沢《さわ》を渡《わた》る。フリーレンの手《て》を借《か》りてフェルンは岩《いわ》からとびおりる。

思《おも》ったよりもずっと長《なが》い距離《きょり》を進《すす》むことになった。森《もり》の奥《おく》へ、奥《おく》へ……。巨木《きょぼく》の根《ね》を越《こ》え、倒木《とうぼく》を越《こ》え、水《みず》たまりをよけ、足跡《あしあと》を追《お》う魔法《まほう》で浮《う》かんだ小《ちい》さな青白《あおじろ》い光《ひかり》の列《れつ》が、途切《とぎ》れることなく点々《てんてん》と一筋《ひとすじ》続《つづ》いている。

フェルンはふと問《と》いかけた。

「フリーレン様《さま》はなぜ、魔法《まほう》を集《あつ》めているのですか?」

「ただの趣味《しゅみ》だよ」

ふりかえることなくこたえるフリーレンに、フェルンは返《かえ》す。

「そうは思《おも》えません」

「本当《ほんとう》にただの趣味《しゅみ》だよ。前《まえ》はもっと無気力《むきりょく》にだらだらと生《い》きていたんだけどね」

フリーレンは、かつてヒンメルたちと旅《たび》していたころのことを思《おも》い出《だ》していた。

ある晴《は》れた日《ひ》にたどりついた場所《ばしょ》の思《おも》い出《で》を。

住《す》む人《ひと》がいなくなり、荒廃《こうはい》したその土地《とち》には、ぽつん、と焼《や》けくずれた教会《きょうかい》の痕跡《こんせき》だけが残《のこ》っていた。

すすまみれで表面《ひょうめん》がもろくなっている女神様《めがみさま》の像《ぞう》。散乱《さんらん》する瓦礫《がれき》と、かろうじて立《た》っている半分《はんぶん》だけ残《のこ》った石壁《いしかべ》。屋根《やね》を支《ささ》えていた木材《もくざい》の一部《いちぶ》だったらしい炭《すみ》。

かつてここには、人々《ひとびと》の暮《く》らしと祈《いの》りがあったはず。

それが、失《うしな》われた。

草《くさ》もろくに生《は》えていない、この空《むな》しくさびしい場所《ばしょ》に、フリーレンは魔法《まほう》を使《つか》った。

きれいな花畑《はなばたけ》を出《だ》す魔法《まほう》。

たちまち、あたり一面《いちめん》に色《いろ》とりどりの花《はな》が咲《さ》き乱《みだ》れた。風《かぜ》に誘《さそ》われて花《はな》が踊《おど》るように揺《ゆ》れ、花《はな》びらが舞《ま》いあがる。ほのかに甘《あま》い香《かお》りがわきたつ。

目《め》にも鮮《あざ》やかな彩《いろど》りの波《なみ》。

若《わか》かったハイターとアイゼンが大《おお》いにはしゃぎ、花畑《はなばたけ》を駆《か》け回《まわ》る。

笑《わら》いあいながら花冠《はなかんむり》を作《つく》っている二人《ふたり》を座《すわ》ってながめつつ、フリーレンはぼそっとつぶやいた。

『気持《きも》ち悪《わる》い』

すると、フリーレンの頭《あたま》にも、ポン、と花冠《はなかんむり》がのせられた。

視線《しせん》を上《あ》げると、ヒンメルが微笑《ほほえ》んでいた。

森《もり》の地面《じめん》にかがみ、青白《あおじろ》く光《ひか》っているシードラットの足跡《あしあと》に指先《ゆびさき》で触《ふ》れながら、フリーレンがつぶやく。

「――私《わたし》の集《あつ》めた魔法《まほう》をほめてくれた馬鹿《ばか》がいた。それだけだよ」

「……くだらない理由《りゆう》ですね」

そう言《い》うフェルンに、ほんの少《すこ》し表情《ひょうじょう》をゆるめつつ、ふりむいたフリーレンがこたえた。

「そうだね」

フリーレンの表情《ひょうじょう》がなぜやわらかくなったのか、理由《りゆう》がよくわからず不思議《ふしぎ》そうにしているフェルンに、フリーレンはあごで先《さき》を示《しめ》した。

木々《きぎ》の間《あいだ》を透《す》かして、遠《とお》くに石造《いしづく》りの塔《とう》が見《み》えてきていた。円筒形《えんとうけい》をした、砦《とりで》の監視塔《かんしとう》のような建物《たてもの》だ。

森《もり》を抜《ぬ》けてすぐの、草原《そうげん》の端《はし》にその塔《とう》は立《た》っていた。つる草《くさ》がからむ石壁《いしかべ》に沿《そ》って上《うえ》へ、上《うえ》へとシードラットの足跡《あしあと》がのぼっていっている。

足跡《あしあと》を目《め》で追《お》って、人《ひと》の身長《しんちょう》の十倍《じゅうばい》はありそうな塔《とう》のてっぺんを二人《ふたり》が見《み》あげたとき、小《ちい》さくて軽《かる》いものがふわふわと舞《ま》いおり、フリーレンの足《あし》もとに着地《ちゃくち》した。

一枚《いちまい》の、薄青《うすあお》い花《はな》びらだ。

かがみこみ、フリーレンが花《はな》びらを地面《じめん》からつまみあげる。

それを見《み》て、フェルンは思《おも》わず声《こえ》をあげた。

「それ……」

植物図鑑《しょくぶつずかん》で見《み》た蒼月草《そうげつそう》の花《はな》びらにそっくりだった。

フリーレンがこたえる。

「花弁《かべん》だね。シードラットは餌《えさ》を、外敵《がいてき》のいない安全《あんぜん》な場所《ばしょ》に埋《う》めて隠《かく》すといわれている」

塔《とう》の上《うえ》のほう、外壁《がいへき》のすき間《ま》に種子《しゅし》を詰《つ》めこんでいるシードラットや、ためた種子《しゅし》をとりだしてかじっているシードラットがいる。

そんなシードラットたちを見《み》つけ、フェルンは感心《かんしん》した。

「賢《かしこ》い動物《どうぶつ》なのですね」

「そうでもない」

そう言《い》いながらフリーレンが杖《つえ》を持《も》ち、ふわり、と宙《ちゅう》に浮《う》かんだ。飛行魔法《ひこうまほう》だ。

「何《なん》か所《しょ》にも埋《う》めるから、よく埋《う》めた場所《ばしょ》を忘《わす》れるんだ」

説明《せつめい》しつつ、塔《とう》のてっぺんへむけて上昇《じょうしょう》してゆく。

フリーレンは再《ふたた》び思《おも》い出《だ》していた。

フリーレンの頭《あたま》に花冠《はなかんむり》をのせたヒンメルは、彼女《かのじょ》のかたわらに腰《こし》をおろし、花《はな》びらを散《ち》らして花畑《はなばたけ》の中《なか》をはしゃぎまわるハイターとアイゼンをながめつつ、ある花《はな》について語《かた》った。

聞《き》いたことのない花《はな》の名前《なまえ》に、フリーレンは問《と》い返《かえ》した。

『蒼月草《そうげつそう》？』

『僕《ぼく》の故郷《こきょう》の花《はな》でね。とても美《うつく》しいんだ』

遠《とお》くにまなざしを投《な》げるヒンメルの横顔《よこがお》を、フリーレンは見《み》ていた。

『まあ、僕《ぼく》ほどではないんだけどね』

いつものことながら得意《とくい》げなヒンメルを置《お》いて、フリーレンはさっさと立《た》ちあがった。

『そろそろ行《い》こうか』

歩《ある》きはじめたフリーレンの背《せ》に、ヒンメルが呼《よ》びかける。

『フリーレン、いつか君《きみ》に見《み》せてあげたい』

足《あし》を止《と》め、フリーレンはこたえた。

『……そう。機会《きかい》があればね』


塔《とう》のてっぺんをうめつくす青《あお》い花畑《はなばたけ》を目《め》にしたフリーレンは、ふっ、と小《ちい》さく微笑《ほほえ》んだ。

まるで丸《まる》く切《き》り取《と》られた空《そら》がはまっているかのようだった。

鏡《かがみ》のような湖面《こめん》でも、これほど美《うつく》しく空《そら》の色《いろ》を映《うつ》せはしないだろう。ぎっしりと満開《まんかい》に咲《さ》いた蒼月草《そうげつそう》の薄青《うすあお》の花《はな》が、一輪一輪《いちりんいちりん》が競《きそ》いあうようにしてゆらゆらと風《かぜ》に揺《ゆ》れている。

次《つぎ》の瞬間《しゅんかん》、強《つよ》い風《かぜ》に誘《さそ》われて無数《むすう》の花《はな》びらがいっせいに舞《ま》いあがった。

「あるとは思《おも》っていたけど、まさかこれほどとはね」

塔《とう》の縁《ふち》におり立《た》ち、フリーレンはつぶやいた。

「遅《おそ》くなったね、ヒンメル」

しゃがんで手《て》を伸《の》ばし、そっと蒼月草《そうげつそう》の一輪《いちりん》の花《はな》に触《ふ》れる。

そこへ、杖《つえ》を手《て》にしたフェルンも宙《ちゅう》に浮《う》かんでやってきた。

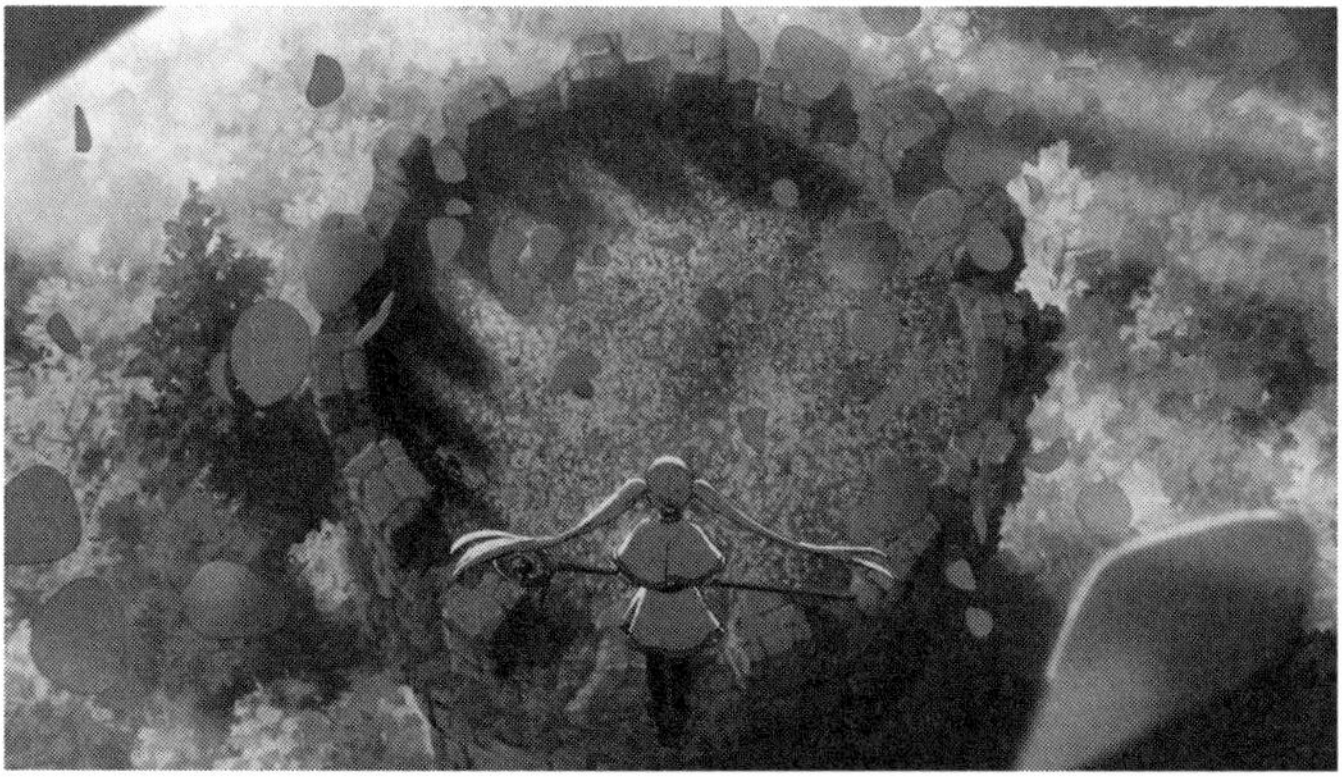

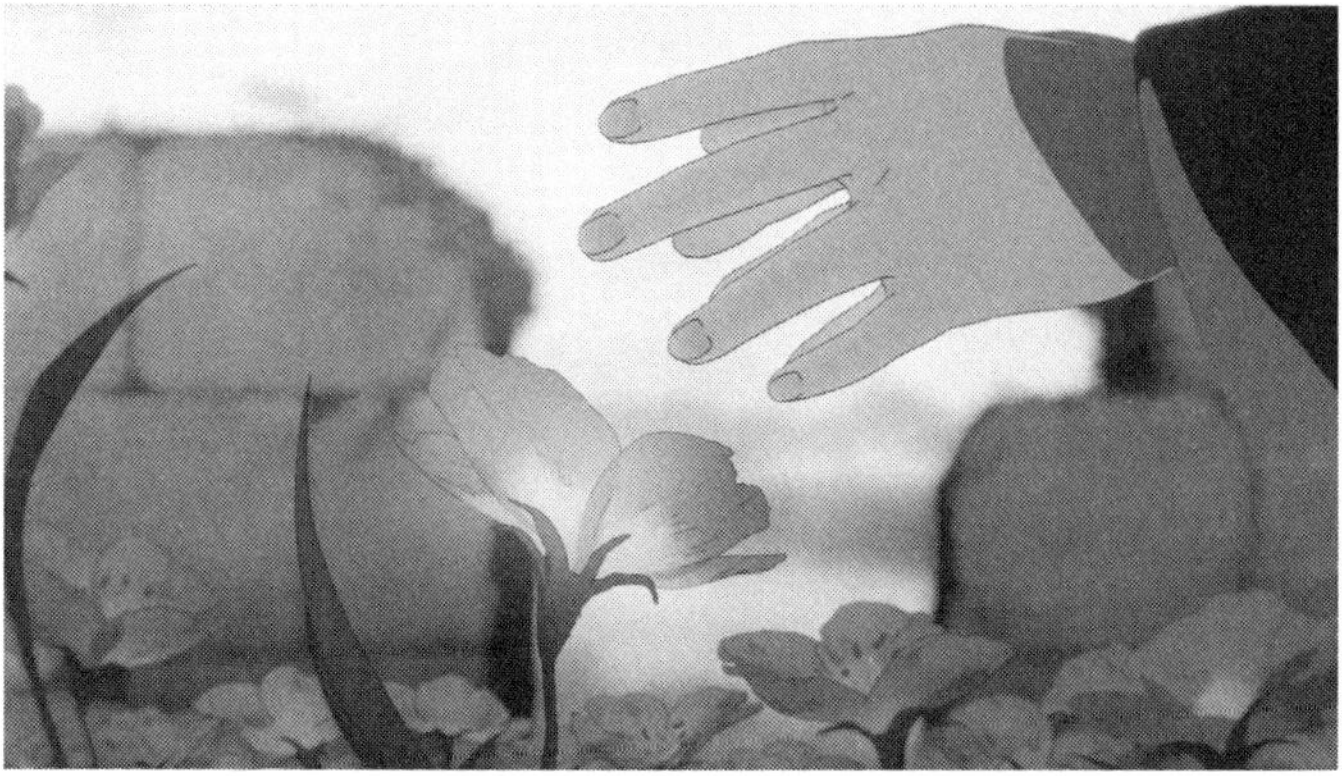

「本当《ほんとう》に見《み》つけてしまうだなんて……」

「これで蒼月草《そうげつそう》の魔法《まほう》が作《つく》れるよ」

と花《はな》を観察《かんさつ》しているフリーレンに、浮《う》いたままのフェルンがとまどいぎみにたずねた。

「なんでそんなに魔法《まほう》に一生懸命《いっしょうけんめい》に……理解《りかい》できません」

「わかるはずだよ。フェルンだって、魔法使《まほうつか》いになることをあきらめなかった」

「それは違《ちが》います。私《わたし》は一人《ひとり》で生《い》きていける力《ちから》さえ手《て》に入《はい》れば、なんでもよかったのです。

別《べつ》に魔法《まほう》じゃなくたって……」

フリーレンが分析《ぶんせき》の魔法《まほう》を花《はな》にかけながら、顔《かお》を上《あ》げて言《い》った。

「でも、魔法《まほう》を選《えら》んだ」

フェルンは、ハッとした。


フェルンは思《おも》い出《だ》した。

幼《おさな》いころ、初《はじ》めて覚《おぼ》えた魔法《まほう》を使《つか》ってみたときのことを。

夜《よる》、ハイターに見守《みまも》られながら、庭先《にわさき》で青白《あおじろ》い光《ひかり》を両手《りょうて》の中《なか》に生《う》みだした。

光《ひかり》から魔法《まほう》の蝶《ちょう》が生《う》まれ、星《ほし》よりも輝《かがや》きながら暗闇《くらやみ》を照《て》らして舞《ま》う。

その美《うつく》しさにハイターと二人《ふたり》で見《み》とれた。

ハイターがとてもうれしそうに笑《わら》っていた。


魔法《まほう》を自分《じぶん》が選《えら》んだ理由《りゆう》に納得《なっとく》し、フェルンも微笑《ほほえ》んだ。

「……そうですね」


そして――。

森《もり》に立《た》つヒンメルの銅像《どうぞう》のまわりに、フリーレンは蒼月草《そうげつそう》の花畑《はなばたけ》を出現《しゅつげん》させた。薄青《うすあお》い花《はな》に囲《かこ》まれ、ヒンメルの像《ぞう》が木漏《こも》れ日《び》に照《て》り映《は》えている。

フェルンとともに立《た》ち会《あ》った薬草家《やくそうか》が感激《かんげき》した。

「まさかもう一度《いちど》、蒼月草《そうげつそう》が見《み》られるなんてね。本当《ほんとう》にきれい。ありがとうね、フリーレンさん」

むふー、とフリーレンは得意《とくい》げな表情《ひょうじょう》だ。

「これならきっと、この像《ぞう》も忘《わす》れられずにすむわ」

台座《だいざ》に立《た》つヒンメルの像《ぞう》とむかいあい、彼《かれ》の顔《かお》を見《み》あげていたフリーレンは「あっ」と声《こえ》をあげた。

「忘《わす》れるところだった」

蒼月草《そうげつそう》で花冠《はなかんむり》を作《つく》ると、フリーレンは軽《かる》く宙《ちゅう》に浮《う》きあがって、銅像《どうぞう》の頭《あたま》に花冠《はなかんむり》をのせた。

「よし」

「あら、かわいらしい」

と薬草家《やくそうか》が微笑《ほほえ》む。

ふわりと地面《じめん》におり立《た》ったフリーレンは、見守《みまも》っていたフェルンに声《こえ》をかけた。

「それじゃ行《い》こうか」

二人《ふたり》は旅《たび》の続《つづ》きを始《はじ》める。

3 人《ひと》を殺《ころ》す魔《ま》法《ほう》

勇者《ゆうしゃ》ヒンメルの死《し》から二十七年後《にじゅうななねんご》。

中央諸国《ちゅうおうしょこく》、交易都市《こうえきとし》ヴァルム。


中央諸国《ちゅうおうしょこく》を旅《たび》するフリーレンとフェルンは、海《うみ》に面《めん》していて大《おお》きな港《みなと》があり、船《ふね》を使《つか》った交易《こうえき》で栄《さか》えるヴァルムという都市《とし》にやってきた。

宿《やど》で朝《あさ》を迎《むか》えた二人《ふたり》は、街《まち》へ買《か》い物《もの》に出《で》かけることにした。

大《おお》きな街《まち》なので、旅《たび》に必要《ひつよう》なものが手《て》に入《はい》りやすいはずだ。

見晴《みは》らしのよい場所《ばしょ》からは、水平線《すいへいせん》が望《のぞ》める。帆《ほ》を高《たか》くかかげた船《ふね》が連《つら》なって、港《みなと》から外海《そとうみ》へと出発《しゅっぱつ》してゆく。

大通《おおどお》りを歩《ある》きながら、フリーレンがフェルンに指示《しじ》した。

「じゃあ、手分《てわ》けして旅《たび》の物資《ぶっし》を補充《ほじゅう》しようか」

「手分《てわ》けって、必需品《ひつじゅひん》、ほぼ私《わたし》ですよね」

大事《だいじ》なことは自分《じぶん》に押《お》しつけ、フリーレン様《さま》は好《す》きに行動《こうどう》している気《き》がする……と、ちょっぴり不満《ふまん》げな顔《かお》で、フェルンは指《ゆび》を折《お》りながら数《かぞ》えたてた。

「食料《しょくりょう》、水《みず》、日用品《にちようひん》……。他《ほか》にフリーレン様《さま》は何《なに》を買《か》うんですか？」

フリーレンはぎくりとして、視線《しせん》を合《あ》わさないままこたえる。

「……薬草《やくそう》とかだよ」

フェルンはハッと気《き》づいた。心《こころ》の中《なか》でこっそりとつぶやく。

（これ、私《わたし》に何《なに》か隠《かく》しているときの顔《かお》だ。フリーレン様《さま》とのつきあいは長《なが》い。こういうときはロクなことがない。……決《き》まって、余計《よけい》なものを買《か》ってくるんだ）


フェルンは過去《かこ》にあったできごとを思《おも》い出《だ》した。

あるとき、帰《かえ》りの遅《おそ》いフリーレンを宿《やど》の前《まえ》で待《ま》っていたら、彼女《かのじょ》は巨大《きょだい》な獣《けもの》の頭蓋骨《ずがいこつ》を引《ひ》きずってもどってきた。

『買《か》っちゃった』と、フリーレン。

なんに使《つか》うの、これ……とフェルンはとまどった。

またあるときは、宿《やど》の部屋《へや》に帰《かえ》ってくるなりフリーレンは、薬瓶《くすりびん》をさしだしてうれしそうに言《い》った。

『この薬《くすり》は服《ふく》だけ溶《と》かすんだよ』

返品《へんぴん》してきなさい、とフェルンはきっぱり言《い》ったものだ。

またまたあるときは、宿《やど》の部屋《へや》で休《やす》んでいたフェルンに、買《か》ってきたらしい古《ふる》くて分厚《ぶあつ》い本《ほん》をさしだしてフリーレンは言《い》った。

『魔法史《まほうし》の本《ほん》、座学《ざがく》も大事《だいじ》だからね』

突然何《とつぜんなに》を……ときょとんとしているフェルンに、フリーレンは大真面目《おおまじめ》な顔《かお》をむけてきたのだった。

（まあ、あれは余計《よけい》なものというわけではないけれど……）

フェルンはそう思《おも》ったので、魔法史《まほうし》の本《ほん》はとりあえず受《う》けとっておいた。

街角《まちかど》でそんなことを回想《かいそう》しているフェルンに、フリーレンが告《つ》げる。

「それじゃ、あとで宿《やど》でね」

と、さっさと分《わ》かれ道《みち》を曲《ま》がっていってしまう。

（路銀《ろぎん》だって無駄遣《むだづか》いできないのに……。しっかり見張《みは》っておかないと）

考《かんが》えたフェルンは、そっとフリーレンのあとをつけた。

海《うみ》からの上《のぼ》り坂《ざか》ばかりでできたような街《まち》だ。狭《せま》い路地《ろじ》を通《とお》りぬけ、階段《かいだん》をのぼってゆくフリーレンを、フェルンは物陰《ものかげ》に身《み》を隠《かく》しながらこっそりと追《お》いかける。

やがてフリーレンは広場《ひろば》にある小《ち い》さな露天《ろてん》のアクセサリーショップの前《まえ》で足《あし》を止《と》めた。

（……アクセサリーショップ？）

広場《ひろば》の反対側《はんたいがわ》にある階段《かいだん》の陰《かげ》に隠《かく》れて見守《みまも》りつつ、フェルンは首《くび》をかしげた。

フリーレンといえば朝《あさ》に弱《よわ》く、半分寝《はんぶんね》たままフェルンに身《み》を任《まか》せて、髪《かみ》をとかし、結《ゆ》ってもらっているのだ。長《なが》い髪《かみ》がからみあっていて、

「また髪乾《かみかわ》かさずに寝《ね》ましたね。もー」

と、フェルンが文句《もんく》を言《い》っても、フリーレンは目《め》を覚《さ》まさない。放《ほう》っておいたら、髪《かみ》が乱《みだ》れたまま宿《やど》を出発《しゅっぱつ》しようとするだろう。

（あの人《ひと》、おしゃれとかに興味《きょうみ》あったんだ）

ちょっとおどろいたフェルンはもっとよく見《み》ようと、姿勢《しせい》を低《ひく》くして前進《ぜんしん》した。広場《ひろば》のまんなかにある噴水《ふんすい》の陰《かげ》に移動《いどう》する。

フリーレンはアクセサリーショップの台《だい》に並《なら》べられた商品《しょうひん》を見比《みくら》べ、真剣《しんけん》に考《かんが》えこんでいる。

あれでもない、これでもない、どれにしようか……と頭《あたま》から湯気《ゆげ》が出《で》そうなくらい汗《あせ》だくで、目《め》を白黒《しろくろ》させているフリーレンの様子《ようす》に、フェルンはとまどった。

（すごい悩《なや》んでる……え？　何《なに》その顔《かお》？　私《わたし》、フリーレン様《さま》のあんな悩《なや》んでる顔《かお》、見《み》たことないんだけど……）

いつまでも悩《なや》み続《つづ》けるフリーレンに、フェルンはだんだん暇《ひま》をもてあましはじめた。

そこへ、猫《ねこ》が一匹《いっぴき》やってきて、しゃがみこんで隠《かく》れているフェルンに体《からだ》をすり寄《よ》せる。

ニャーォと甘《あま》えた声《こえ》で泣《な》き、自分《じぶん》を見《み》あげる猫《ねこ》がかわいくて、フェルンは石畳《いしだたみ》に座《すわ》りこみ、猫《ねこ》のあごをなでた。

猫《ねこ》が横《よこ》になって寝《ね》てしまうまでかまっても、フリーレンは悩《なや》んでいる。

フェルンは空《そら》をあおいだ。

雲《くも》がゆっくりと流《なが》れてゆく。遠《とお》くで海鳥《うみどり》の啼《な》く声《こえ》が聞《き》こえる。

潮《しお》の香《かお》りが風《かぜ》にのって流《なが》れてきた。


ようやく、フリーレンがアクセサリーをひとつ選《えら》んで買《か》った。

箱《はこ》に入《い》れてもらうと、大事《だいじ》そうに見《み》つめながらフリーレンが歩《ある》きだす。

(ずいぶん時間《じかん》かかったな……アクセサリーなら別《べつ》にいいか……変《へん》な骨《ほね》や薬《くすり》よりはマシだ……)

と考《かんが》えながらフェルンも立《た》ちあがって、またあとをつける。

あちこちきょろきょろしながら、フリーレンは路地《ろじ》を歩《ある》いてゆく。建物《たてもの》の壁《かべ》に身《み》を張《は》りつけて隠《かく》れつつ、フェルンが追《お》う。

フリーレンが気《き》ままにのんびりと散歩《さんぽ》しているようなので、フェルンは宿《やど》へもどるまでの残《のこ》り時間《じかん》が気《き》になってきた。

(そろそろ私《わたし》も買《か》い出《だ》しにもどろうかな……)

すると、フリーレンが通《とお》りすがりの男《おとこ》の人《ひと》に聞《き》いている声《こえ》が聞《き》こえた。

「ここらへんに美味《おい》しいスイーツの店《みせ》ってある?」

スイーツ……とは聞《き》き逃《のが》せない言葉《ことば》だ。

（さすがにそれはずるすぎるでしょ）

男《おとこ》の人《ひと》が気《き》さくに教《おし》えている。

「それなら、そこの地下《ちか》に酒場《さかば》があるから、そこで聞《き》くといいよ」

「ありがとう」

指《ゆび》さされたほうへフリーレンが歩《ある》きだした。

（私《わたし》だって、何《なん》か月《げつ》も甘《あま》いもの食《た》べてないのに）

一人《ひとり》で食《た》べるなんてずるい、とフェルンは追《お》いかける。

フリーレンが建物《たてもの》の地下《ちか》に入《はい》る階段《かいだん》を見《み》つけた。酒場《さかば》の看板《かんばん》が出《で》ているがぼろぼろで、見《み》るからに怪《あや》しい。

フリーレンはためらうことなく階段《かいだん》をおりてゆく。

いぶかしみつつ追《お》いかけたフェルンは地下《ちか》におりると、フリーレンが入《はい》ったドアから中《なか》に滑《すべ》りこみ、木箱《きばこ》が積《つ》まれた後《うし》ろに身《み》を潜《ひそ》めた。

酒場《さかば》の中《なか》は薄暗《うすぐら》く、いかつい荒《あら》くれ者《もの》が数人《すうにん》たむろしていて、そばの柱《はしら》にはナイフが突《つ》き刺《さ》さっていた。声《こえ》をかけただけでナイフをむけられそうな、恐《おそ》ろしげな見《み》た目《め》をした男《おとこ》たちだ。

まったくおびえることなく、フリーレンは酒場《さかば》の中《なか》へと足《あし》を進《すす》める。

「ここかー」

と、酒場《さかば》のどまんなかで大《おお》きな声《こえ》で言《い》うフリーレンに、荒《あら》くれ者《もの》たちがふりかえった。

彼《かれ》らにフリーレンがたずねる。

「ここらへんに美味《おい》しいスイーツの店《みせ》ってある？」

（いやいや、明《あき》らかにスイーツについて聞《き》ける場所《ばしょ》じゃないでしょ）

フェルンがびくびくしていると、案《あん》の定《じょう》、荒《あら》くれ者《もの》たちが肩《かた》をいからせながらフリーレンに近《ちか》づき、ドスのきいた声《こえ》をあげた。

「スイーツの店《みせ》だぁ？　ナメてんのか？」

「へっへっへっへ」

フェルンがゴクリとつばをのみ、緊張《きんちょう》に手《て》に汗《あせ》にぎったとき。

荒《あら》くれ者《もの》たちが愉快《ゆかい》そうにこたえた。

「この街《まち》には美味《うま》いスイーツが山《やま》のようにあるぜぇ」

「へっへっへ。どんな店《みせ》でも教《おし》えてやるよ」

フェルンはびっくりして固《かた》まった。

(……聞《き》ける場所《ばしょ》なんだ)

「荒《あら》くれのくせに詳《くわ》しいんだ」

と言《い》うフリーレンに、荒《あら》くれ者《もの》たちは当《あ》たり前《まえ》だろ、とニヤニヤする。

「スイーツは俺《おれ》たち冒険者《ぼうけんしゃ》の活力《かつりょく》だからなぁ。一日《いちにち》がんばった自分《じぶん》へのご褒美《ほうび》として食《く》うスイーツの美味《うま》さたるや、最高《さいこう》だぜ」

(冒険者《ぼうけんしゃ》だったんだ。荒《あら》くれってレベルの見《み》た目《め》じゃないでしょ。怖《こわ》すぎだよ……)

酒場《さかば》をそっと抜《ぬ》けだしたフェルンが、階段《かいだん》をのぼったすぐそばで木箱《きばこ》の陰《かげ》に身《み》を隠《かく》すと、フリーレンが荒《あら》くれ者《もの》たちに見送《みおく》られて酒場《さかば》から出《で》てきた。

「へへへへ……」

「あばよ」

フリーレンが手《て》を振《ふ》って歩《ある》きだすので、フェルンも木箱《きばこ》を盾《たて》にしつつ、つけてゆく。

(スイーツの店《みせ》に行《い》くのかな)

身《み》を隠《かく》すための木箱《きばこ》を押《お》して移動《いどう》しているフェルンに、すれ違《ちが》う人《ひと》が不思議《ふしぎ》そうにふりかえる。

今度《こんど》は、フリーレンはまっすぐに迷《まよ》うことなく歩《ある》いている。

(あれ？　これって宿《やど》の方向《ほうこう》だ……もどるつもりかな)

なぜ宿《やど》にもどるのか……と思《おも》ったとき、フェルンは気《き》づいた。

空《そら》が夕焼《ゆうや》け色《いろ》に変《か》わりはじめている。

(あっ……買《か》い出《だ》し全然《ぜんぜん》終《お》わってない)


大《おお》あわてで買《か》い出《だ》しをすませて宿《やど》にもどったフェルンに、フリーレンがまずひとこと。

「遅《おそ》い」

まったく言《い》い訳《わけ》のしようがないので、フェルンは素直《すなお》に謝《あやま》った。

「すみませんでした」

「まあいいや。荷物《にもつ》置《お》いて」

買《か》ってきた物資《ぶっし》の入《はい》った大《おお》きな麻袋《あさぶくろ》をフェルンがベッドに置《お》いて整理《せいり》を始《はじ》めると、フリーレンは窓辺《まどべ》に歩《あゆ》みより、金色《きんいろ》の夕日《ゆうひ》、暮《く》れなずむ空《そら》とそれを映《うつ》す穏《おだ》やかな海《うみ》をながめた。

そして、ふりむきざまに言《い》う。

「たまには甘《あま》いものでも食《た》べにいこうか」

どこかそわそわした様子《ようす》で部屋《へや》の外《そと》へ出《で》ていくフリーレンに、フェルンは首《くび》をかしげた。

フリーレンがフェルンを連《つ》れていったのは、海《うみ》と港《みなと》を一望《いちぼう》できる丘《おか》の上《うえ》のカフェテラスだった。

一番《いちばん》ながめのよい特等席《とくとうせき》に座《すわ》り、燃《も》えるような色《いろ》の夕日《ゆうひ》が沈《しず》んでいくのを見《み》る。

「いいながめだね。おすすめなだけはある」

そうつぶやくフリーレンに、フェルンは反省《はんせい》した。しょんぼり肩《かた》を落《お》としてわびる。

「フリーレン様《さま》、疑《うたが》ってすみませんでした」

「なんの話《はなし》?」

「……いえ」

一緒《いっしょ》に甘《あま》いものを食《た》べようと店《みせ》をさがしてくれていた……とは思《おも》ってもみなかったことが本当《ほんとう》に申《もう》し訳《わけ》なくて、フェルンは視線《しせん》を伏《ふ》せる。

フリーレンがメニューをフェルンにさしだした。

「好《す》きなの選《えら》んでいいよ」

「お金《かね》は大丈夫《だいじょうぶ》なのですか？」

「ヘソクリがあるからね」

と、フリーレンはちょっぴり得意《とくい》げだ。

（ヘソクリなんてあったんだ……）

微笑《ほほえ》むフリーレンに、フェルンはなんだか切《せつ》ない気持《きも》ちになりながらメニューを受《う》けとった。

フェルンはメニューをひととおり見《み》てから、フリーレンのほうへさしだした。

「フリーレン様《さま》はどれにしますか？」

「……そうだね。今日《きょう》の気分《きぶん》は……」

「メルクーアプリンですよね」


メルクーアプリン、と言《い》ってにっこりするフェルンに、フリーレンはかつてのヒンメルたちとの旅《たび》でのできごとを思《おも》い出《だ》した。

同《おな》じことがあった……と。

とある街《まち》のレストランで食事《しょくじ》をすることになったときのことだ。

メニューとにらめっこしているフリーレンに、むかいあってテーブルについているヒンメルが聞《き》いた。

『今日《きょう》の気分《きぶん》はメルクーアプリンだろう』

『なんでわかるの？』

と問《と》うフリーレンに、ヒンメルは当《あ》たり前《まえ》だろ、と言《い》わんばかりにこたえた。

『何年一緒《なんねんいっしょ》に旅《たび》をしていると思《おも》っているんだ。なんとなくわかるさ』

言《い》い終《お》わると、ひと口《くち》、目《め》の前《まえ》の皿《さら》の料理《りょうり》を食《た》べる。

わかる、ということがわからず、ぽかんとしたフリーレンは、再《ふたた》びメニューに目《め》を落《お》としつつ言《い》った。

『……私《わたし》はみんなのこと何《なに》もわからない』

すると食事《しょくじ》の手《て》を止《と》め、ヒンメルがフリーレンをまっすぐに見《み》つめて言《い》った。

『なら、知《し》ってもらえるようにがんばるとするかな。ちなみに僕《ぼく》の好物《こうぶつ》はルフオムレツ』

今《いま》ヒンメルが食《た》べている料理《りょうり》だ。

ヒンメルの隣《となり》に座《すわ》るアイゼンもこたえる。

『俺《おれ》は葡萄《ぶどう》だ。酸《す》っぱいほどいい』

フリーレンの隣《となり》では、ハイターが酒《さけ》で満《み》たされたジョッキを揺《ゆ》らし、口《くち》を開《ひら》きかける。

『私《わたし》は――』

『酒《さけ》だろ、知《し》ってるぞ生臭坊主《なまぐさぼうず》』

フリーレンの言葉《ことば》に照《て》れて頭《あたま》をかくハイターに、三人《さんにん》があきれる。

アイゼンとヒンメルがツッコんだ。

『照《て》れるところじゃないだろう』

『僧侶《そうりょ》が、覚《おぼ》えられるほど酒飲《さけの》んでるってヤバすぎるでしょ』


フリーレンはフェルンに謝《あやま》った。

「……フェルン、ごめん」

苺《いちご》とクリームののったパンケーキを食《た》べかけていたフェルンは、手《て》を止《と》めて不思議《ふしぎ》そうに聞《き》き返《かえ》した。

「なぜ謝《あやま》るのですか？」

ナイフとフォークをおろす。フリーレンの前《まえ》のメルクーアプリンには、まだ手《て》がつけられていない。フリーレンはフェルンに告《つ》げた。

「私《わたし》はフェルンのこと何《なに》もわからない」

フリーレンは左手《ひだりて》で横《よこ》の椅子《いす》をさぐり、箱《はこ》を手《て》にとった。

「だから、どんなものが好《す》きなのかわからなくて……」

立《た》ちあがって箱《はこ》をさしだす。

フェルンも立《た》ちあがると、箱《はこ》を受《う》けとった。

「そういえば、今日《きょう》は私《わたし》の誕生日《たんじょうび》でしたね」

フェルンは十六歳《じゅうろくさい》になった。

なんだろう、とリボンをほどき、箱《はこ》のふたをとったフェルンは目《め》を見張《みは》った。

凝《こ》った細工《さいく》で蝶《ちょう》を表《あらわ》した髪飾《かみかざ》りだった。

手《て》にとると、沈《しず》む夕日《ゆうひ》の最後《さいご》の光《ひかり》が髪飾《かみかざ》りに反射《はんしゃ》してきらりと光《ひか》った。

髪飾《かみかざ》りに大事《だいじ》そうにもう片方《かたほう》の手《て》をそえ、フェルンはやさしい表情《ひょうじょう》になった。

「きれいな髪飾《かみかざ》り。ありがとうございます。とてもうれしいです」

フリーレンは自信《じしん》なさげに確《たし》かめた。

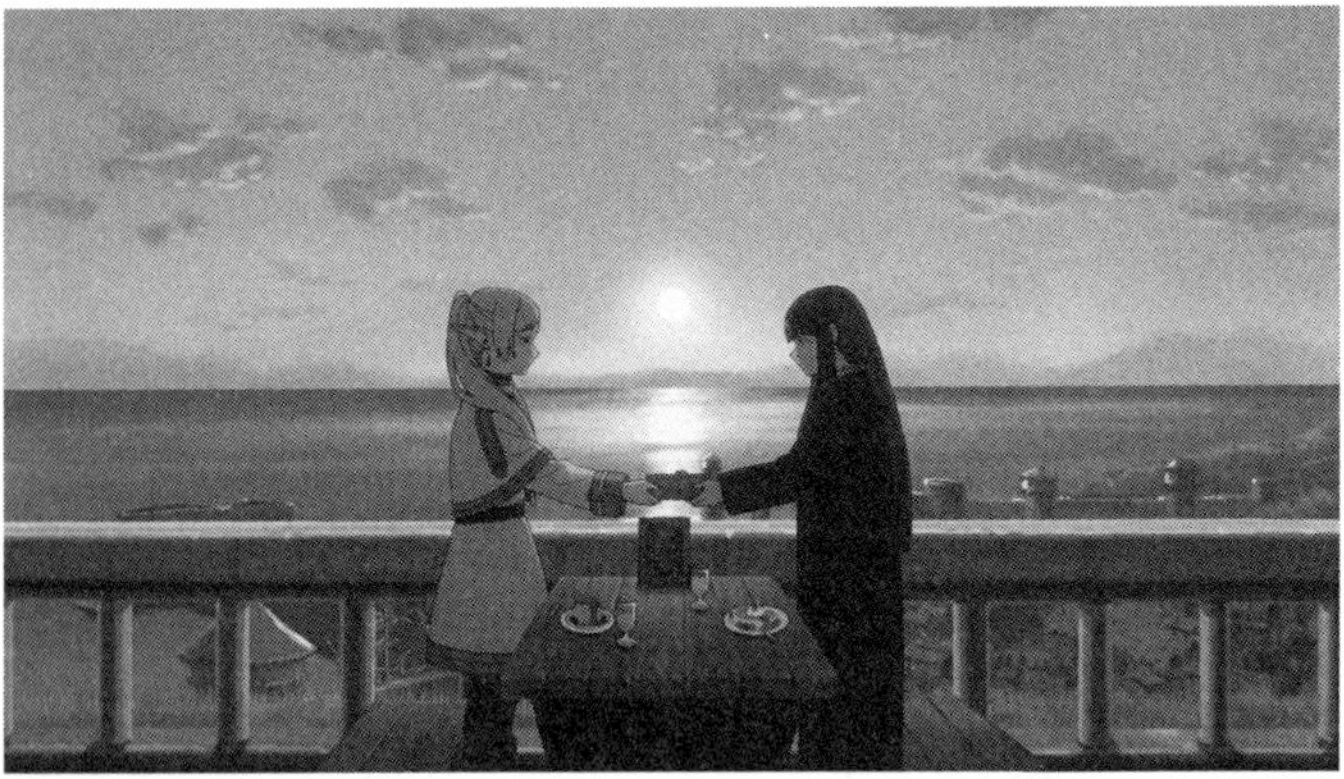

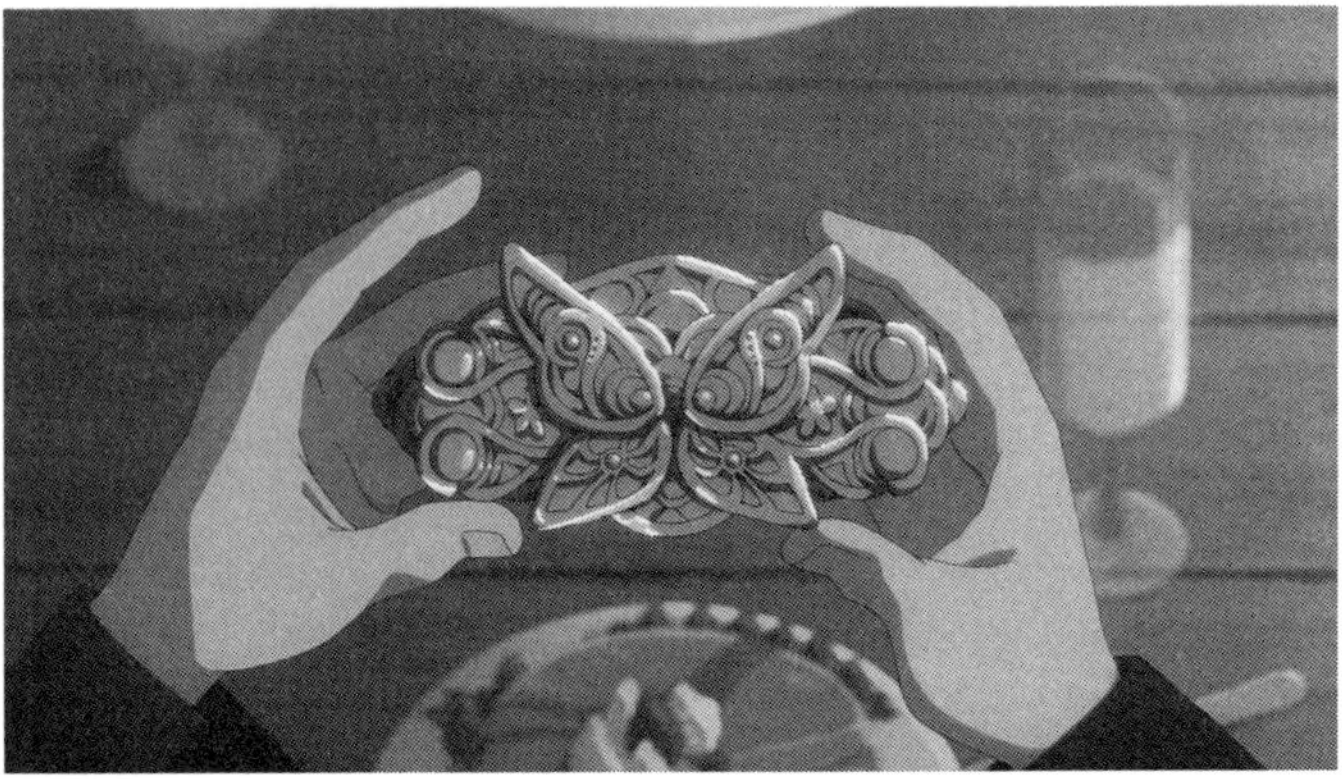

「本当《ほんとう》に？」

「フリーレン様《さま》はどうしようもないほどににぶい方《かた》のようなので、はっきりと伝《つた》えます」

フェルンがフリーレンをまっすぐに見《み》つめ、笑顔《えがお》で言《い》う。

「あなたが私《わたし》を知《し》ろうとしてくれたことが、たまらなくうれしいのです」

フェルンの長《なが》い髪《かみ》がわずかに風《かぜ》になびく。

「知《し》ろうとしただけなのに？」

入《い》り日《ひ》の色《いろ》に染《そ》まる街並《まちな》みに目《め》をむけて、フェルンがつぶやいた。

「フリーレン様《さま》は本当《ほんとう》に人《ひと》の感情《かんじょう》がわかっていませんね」


翌朝《よくあさ》。

「そろそろ出《で》ようか」

「はい」

二人《ふたり》は宿《やど》を出《で》て交易都市《こうえきとし》ヴァルムを離《はな》れた。次《つぎ》の目的地《もくてきち》へとむかう。

宿《やど》で髪《かみ》を整《ととの》えたフェルンの後頭部《こうとうぶ》には、もらった蝶《ちょう》の髪飾《かみかざ》りが朝日《あさひ》にきらめいていた。

山道《やまみち》を登《のぼ》りながらフェルンはふと、いつものトランクをさげて数歩先《すうほさき》をゆくフリーレンにたずねた。

「ところでフリーレン様《さま》、この旅《たび》って何《なに》か目的《もくてき》はあるんですか？」

「特《とく》にないよ。魔《ま》法収集《ほうしゅうしゅう》の趣味《しゅみ》の旅《たび》だからね」

とこたえたフリーレンが、足《あし》を止《と》めて空《そら》を見《み》あげる。今日《きょう》もよく晴《は》れている。

「でも、できる限《かぎ》りはヒンメルたちとの冒険《ぼうけん》の痕跡《こんせき》をたどっていきたいかな。風化《ふうか》する前《まえ》にね」

あの冒険《ぼうけん》の旅《たび》から八十年《はちじゅうねん》ほどが過《す》ぎて、かかわった人々《ひとびと》が世代《せだい》を経《へ》て遠《とお》い過去《かこ》のできごとになり、忘《わす》れられかけていることもある。

蒼月草《そうげつそう》の花《はな》を咲《さ》かせて飾《かざ》ったあの銅像《どうぞう》のように。

「それはフリーレン様《さま》にとって大切《たいせつ》なことなのでございますね」

フリーレンが足《あし》もとに視線《しせん》を移《うつ》した。

かつて遠《とお》い昔《むかし》に誰《だれ》かがつくってくれた石段《いしだん》も、古《ふる》びて角《かど》がくずれはじめている。つくった職人《しょくにん》の名《な》はもう世間《せけん》から忘《わす》れられているかもしれない。

「わからない。だから知《し》ろうと思《おも》っている」

フェルンは微笑《ほほえ》み、フリーレンの横《よこ》に並《なら》んだ。

フリーレンが片手《かたて》を上《うえ》に伸《の》ばし、ぽん、とフェルンの頭《あたま》に手《て》のひらを置《お》いた。

「……しかし、ついに背《せ》も抜《ぬ》かされちゃったか」

七年《ななねん》ほど前《まえ》に出会《であ》ったとき、フェルンの身長《しんちょう》はフリーレンの胸《むね》の下《した》あたりだった。今《いま》は手《て》を上《うえ》に伸《の》ばさないと、フェルンの頭《あたま》に届《とど》かない。

「もう十六《じゅうろく》ですからね。お姉《ねえ》さんです」

二人《ふたり》はまた歩《ある》きはじめる。

「お姉《ねえ》さん……」

と、フリーレンがフェルンの胸《むね》と自分《じぶん》の胸《むね》を見比《みくら》べる。

「……食《た》べているものはほとんど同《おな》じはずなんだけどな……不思議《ふしぎ》だ……」


勇者《ゆうしゃ》ヒンメルの死《し》から二十七年後《にじゅうななねんご》。

中央諸国《ちゅうおうしょこく》、グレーセ森林《しんりん》。

人気《ひとけ》のない森《もり》の奥深《おくふか》くで、フェルンはフリーレンから防御魔法《ぼうぎょまほう》の特訓《とっくん》を受《う》けていた。魔《ま》法《ほう》による攻撃《こうげき》から身《み》を守《まも》るための盾《たて》を作《つく》るものだ。

フリーレンがフェルンから数十歩《すうじっぽ》ほど離《はな》れ、むかいあって地面《じめん》に立《た》つ。

杖《つえ》をかまえたフリーレンが攻撃魔法《こうげきまほう》を放《はな》った。それと同時《どうじ》に、フェルンは複数《ふくすう》の防御魔《ぼうぎょま》法《ほう》の単位《たんい》を宙《ちゅう》に作《つく》りだして一瞬《いっしゅん》でつなぎあわせ、体《からだ》の前面《ぜんめん》に立《た》てて盾《たて》とする。

攻撃魔法《こうげきまほう》の光《ひかり》が地面《じめん》をえぐりながら猛《もう》スピードで直進《ちょくしん》し、弾《はじ》かれた土塊《つちくれ》がとび、土煙《つちけむり》が激《はげ》しく舞《ま》いあがる。

フェルンが作《つく》った盾《たて》がその攻撃《こうげき》の光《ひかり》を食《く》い止《と》め、彼女《かのじょ》の真後《まうし》ろだけは地面《じめん》が無事《ぶじ》だった。

防御魔法《ぼうぎょまほう》の盾《たて》の左右《さゆう》にはみでた光《ひかり》はそのまま地面《じめん》をえぐっていく。

フリーレンが攻撃《こうげき》を止《と》め、杖《つえ》をおろした。

「……防御魔法《ぼうぎょまほう》もだいぶ慣《な》れてきたね」

土煙《つちけむり》がおさまると、フリーレンは再《ふたた》び杖《つえ》をかまえた。

「じゃあ、応用《おうよう》といこうか」

再《ふたた》び攻撃魔法《こうげきまほう》の光《ひかり》を打《う》ち出《だ》したフリーレンが、杖《つえ》の頭《あたま》をくるっと小《ちい》さく回《まわ》した。

すると直進《ちょくしん》していた光《ひかり》はクニャリと上《うえ》に曲《ま》がり、フェルンの防御魔法《ぼうぎょまほう》をのりこえると、むきを変《か》えて背後《はいご》からフェルンを襲《おそ》う。

フェルンの背中《せなか》ギリギリで、攻撃魔法《こうげきまほう》の光《ひかり》は霧散《むさん》して消《き》えた。

恐《おそ》ろしさで腰《こし》が抜《ぬ》けてへなへなと地面《じめん》に座《すわ》りこんだフェルンに、フリーレンがたんたんと言《い》う。

「防御《ぼうぎょ》のすきを狙《ねら》った。模擬戦《もぎせん》じゃなかったら死《し》んでたよ」

息《いき》を呑《の》むフェルンに、フリーレンがかまわず言《い》い放《はな》つ。

「さて、どう対処《たいしょ》する?」

フリーレンが大《おお》きく杖《つえ》を回《まわ》すと、攻撃魔法《こうげきまほう》の光《ひかり》がいくつにも分裂《ぶんれつ》し、四方八方《しほうはっぽう》に散《ち》る。

それらすべてが宙《ちゅう》で大《おお》きく軌道《きどう》を曲《ま》げて、いっせいにフェルンを襲《おそ》ってくる。

「こうします」

座《すわ》りこんだまま、フェルンは防御魔法《ぼうぎょまほう》を平面《へいめん》から球状《きゅうじょう》に変《か》えて自《みずか》らの周囲《しゅうい》を覆《おお》った。

「そう、耐《た》えられる?」

フリーレンは矢継《やつ》ぎ早《ばや》に次《つぎ》から次《つぎ》へと攻撃魔法《こうげきまほう》を放《はな》つ。防御魔法《ぼうぎょまほう》の球体《きゅうたい》に弾《はじ》かれた攻撃《こうげき》魔法《まほう》の光《ひかり》が、周囲《しゅうい》にとび散《ち》って森《もり》の木々《きぎ》や地面《じめん》をえぐった。

防御魔法《ぼうぎょまほう》を維持《いじ》するフェルンの体力《たいりょく》が限界《げんかい》に達《たっ》しそうになって、フリーレンがようやく

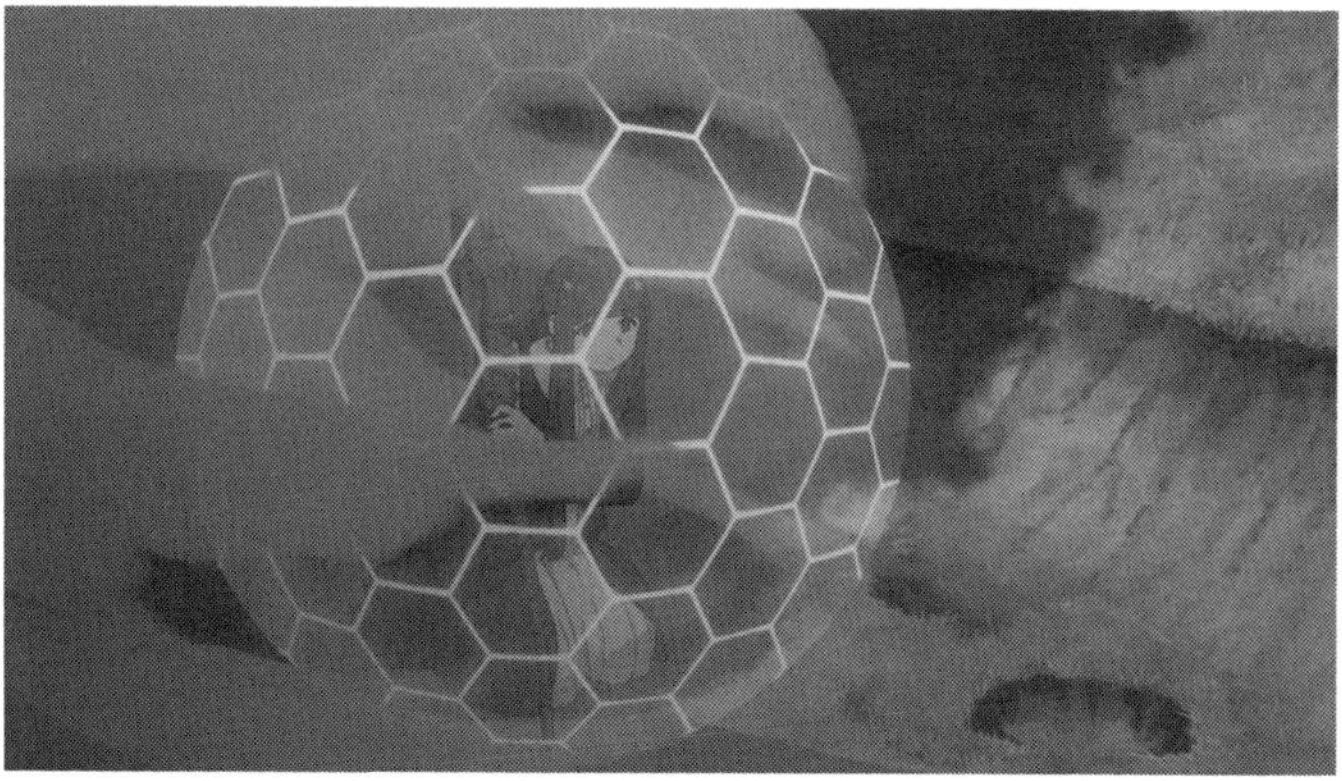

攻撃《こうげき》するのをやめた。数歩《すうほ》、フェルンに歩《あゆ》みよる。

「今日《きょう》はここまでだね」

はぁはぁはぁとひどく息《いき》を切《き》らせつつ、フェルンは防御魔法《ぼうぎょまほう》を解《と》いた。

次《つぎ》の目的地《もくてきち》へむかうため森《もり》の中《なか》を歩《ある》きながら、フリーレンはフェルンに教《おし》えた。

「防御魔法《ぼうぎょまほう》は強力《きょうりょく》だけど、魔力《まりょく》の消費《しょうひ》がとても大《おお》きい。広範囲《こうはんい》の展開《てんかい》を続《つづ》けたら、数十秒《すうじゅうびょう》で魔力切《まりょくぎ》れになるよ」

納得《なっとく》したフェルンは手《て》のひらを開《ひら》き、その上《うえ》に小《ちい》さな多角形《たかくけい》をひとつ作《つく》った。防御魔法《ぼうぎょまほう》の最小単位《さいしょうたんい》だ。フリーレンに確認《かくにん》する。

「着弾《ちゃくだん》の瞬間《しゅんかん》に部分的《ぶぶんてき》に展開《てんかい》させるのが正解《せいかい》というわけですね」

「そうだね」

木々《きぎ》の間《あいだ》に細《ほそ》く続《つづ》く小道《こみち》を進《すす》み、小川《おがわ》に渡《わた》された丸木《まるき》の一本橋《いっぽんばし》を渡《わた》る。

「……防御魔法《ぼうぎょまほう》の練習《れんしゅう》ばかりですね」

「生存率《せいぞんりつ》に直結《ちょっけつ》するからね」

「確《たし》かに。防御魔法《ぼうぎょまほう》ひとつで、ほとんどの攻撃魔法《こうげきまほう》が防《ふせ》げますからね、強力《きょうりょく》すぎて不思議《ふしぎ》です」

一本橋《いっぽんばし》からおりようとしたフェルンに、先《さき》に渡《わた》り終《お》えていたフリーレンが手《て》を貸《か》した。

フリーレンは何《なに》か思《おも》うところありといった様子《ようす》で、ぐいっと強引《ごういん》に引《ひ》きよせて、じーっとフェルンを見《み》る。

「フェルン、渡《わた》した魔法史《まほうし》の本《ほん》、読《よ》んでないでしょ」

目《め》をそらしたフェルンをフリーレンはさらに引《ひ》きよせて、耳《みみ》のそばで説《と》いた。

「魔法《まほう》は実践《じっせん》だけが大事《だいじ》なわけじゃないんだよ」

ため息《いき》をつき、困《こま》ったもんだといった表情《ひょうじょう》で、フリーレンは先《さき》に歩《ある》きだしながら言《い》った。

「やっぱり寝《ね》る前《まえ》に読《よ》み聞《き》かせてあげないとダメか……」

「自分《じぶん》で読《よ》みます。子《こ》どもじゃないんだから」


森《もり》を抜《ぬ》けた二人《ふたり》は、小《ちい》さな村《むら》にやってきた。村《むら》を囲《かこ》む柵《さく》の、木《き》でできた素朴《そぼく》な門《もん》をくぐりながらフェルンはフリーレンにたずねた。

「ここが目的《もくてき》の村《むら》ですね、また変《へん》な魔法《まほう》の収集《しゅうしゅう》ですか？」

「いや、今回《こんかい》は違《ちが》う」

門《もん》の近《ちか》くの家《いえ》の前《まえ》で村人《むらびと》が数人《すうにん》、立《た》ち話《ばなし》をしていた。

彼《かれ》らに近《ちか》づき、フリーレンが話《はな》しかけた。

「ちょっと聞《き》きたいことがあるんだけど」

ふりむいた村人《むらびと》たちがフリーレンの姿《すがた》におどろく。

「……エルフだ」

「白髪《はくはつ》……」

すると、村人《むらびと》たちのまんなかに座《すわ》っているかなり年老《としお》いた男《おとこ》の人《ひと》がたずねた。

「……もしや、フリーレン様《さま》ですかな？」

フリーレンは不思議《ふしぎ》そうな顔《かお》で老人《ろうじん》を見《み》た。

「なんで知《し》ってるの？」

その老人《ろうじん》は、相手《あいて》がフリーレンだと確信《かくしん》したのかゆっくりと立《た》ちあがった。

「クヴァールの封印場所《ふういんばしょ》ですよね。ご案内《あんない》します」

フリーレンとフェルンをふりかえりつつ、老人《ろうじん》がそう言《い》って村《むら》の奥《おく》へと歩《ある》きだす。老人《ろうじん》は古《ふる》びた麦《むぎ》わら帽子《ぼうし》を背負《せお》っていた。

「クヴァール？」

聞《き》き慣《な》れない言葉《ことば》をフェルンがくりかえすと、老人《ろうじん》が説明《せつめい》した。

「腐敗《ふはい》の賢老《けんろう》クヴァール。八十年前《はちじゅうねんまえ》に、この地《ち》で悪逆《あくぎゃく》の限《かぎ》りをつくした魔族《まぞく》です。それを勇者《ゆうしゃ》ヒンメル様《さま》ご一行《いっこう》が封印《ふういん》してくださったのです」

なるほど、とフェルンは理解《りかい》した。

以前《いぜん》、蒼月草《そうげつそう》の花《はな》で飾《かざ》った銅像《どうぞう》のあった村《むら》と同《おな》じように、魔王討伐《まおうとうばつ》の旅《たび》の途中《とちゅう》で、フリーレンたちはこの村《むら》を救《すく》ったのだろう。

あたりにはわずかに破壊《はかい》の痕跡《こんせき》が残《のこ》っていた。ほとんど朽《く》ちてしまったけれど折《お》れた巨《きょ》木《ぼく》や、つる草《くさ》に覆《おお》われたけれどくずれた石垣《いしがき》などの痕跡《こんせき》だ。

フリーレンがまた不思議《ふしぎ》そうに聞《き》く。

「その封印《ふういん》が近《ちか》いうちに解《と》けるから、討伐《とうばつ》しにきたんだけど……本当《ほんとう》に、なんで知《し》っているの？　このことは誰《だれ》にも知《し》らせていないよ」

老人《ろうじん》は道ばたの道祖神《どうそじん》の前《まえ》で足《あし》を止《と》め、石像《せきぞう》のほこりを手《て》で払《はら》いながらこたえた。道祖《どうそ》神《じん》には花《はな》や供物《くもつ》が供《そな》えてある。

「三十年《さんじゅうねん》ほど前《まえ》まで、ヒンメル様《さま》が毎年《まいとし》のように村《むら》に訪《おとず》れておりました。封印《ふういん》の様子《ようす》を確《かく》認《にん》するためだそうで」

「相変《あいか》わらずのお人好《ひとよ》しだ」

老人《ろうじん》はまた歩《ある》きだす。

「フリーレン様《さま》のこともお話《はな》ししておりました。様子《ようす》も見《み》にこない薄情者《はくじょうもの》だと」

老人《ろうじん》は老《お》いたヒンメルと『冷《つめ》たいよね』『冷《つめ》たいねえ』と、お茶《ちゃ》をすすりながら語《かた》らったという。

「悪《わる》かったね」

と、フリーレンがつぶやく。

老人《ろうじん》は語《かた》りを続《つづ》けた。

そのときヒンメルは晴《は》れた空《そら》を見《み》あげ、フリーレンのことをこうも言《い》ったと。

「『でも、村《むら》を見捨《みす》てるほど薄情《はくじょう》ではない。封印《ふういん》が解《と》けるころにはやってくる』そうおっしゃっておりました」

「そう」と、フリーレンもまた、今日《きょう》の晴《は》れた空《そら》を見《み》あげた。

村《むら》の裏手《うらて》から少《すこ》し離《はな》れ、森《もり》を抜《ぬ》けた丘《おか》の上《うえ》に、腐敗《ふはい》の賢老《けんろう》クヴァールは封印《ふういん》されていた。

地《ち》に片膝《かたひざ》をついてうずくまった体勢《たいせい》のまま、全身《ぜんしん》に砂《すな》を吹《ふ》きつけたような色《いろ》で石《いし》のように固《かた》められている。その背丈《せたけ》は、うずくまったままでも人《ひと》の三倍《さんばい》はあった。頭《あたま》から二本《にほん》の角《つの》が生《は》え、髪《かみ》とひげが長《なが》く伸《の》びている。動《うご》かないとわかっていても、恐《おそ》ろしくて背筋《せすじ》が寒《さむ》くなるような迫力《はくりょく》ある姿《すがた》だ。

「これが……」

と、フェルンは緊張《きんちょう》でぎゅっとローブをにぎりしめながら、クヴァールを見《み》あげた。

フリーレンがクヴァールに歩《あゆ》みより、そっと足《あし》に触《ふ》れた。

ぱらぱらと砂《すな》のような細《こま》かい何《なに》かがこぼれ落《お》ちる。

「だいぶ不安定《ふあんてい》になっているね」

とつぶやくとフェルンと老人《ろうじん》をふりむき、フリーレンが宣言《せんげん》した。

「明日《あした》にでも封印《ふういん》を解《と》いて、クヴァールを片《かた》づけよう」

その夜《よる》、二人《ふたり》は村《むら》の小《ちい》さな宿《やど》に泊《と》まった。

二段《にだん》ベッドの上《うえ》の段《だん》にのぼったフェルンは、膝《ひざ》をかかえ、天井《てんじょう》を見《み》あげて思案《しあん》にくれていた。魔族《まぞく》のあの恐《おそ》ろしい姿《すがた》……威厳《いげん》すら漂《ただよ》っていた。

迷《まよ》った末《すえ》、下《した》の段《だん》でベッドに腰《こし》かけて魔法史《まほうし》の本《ほん》を読《よ》んでいるフリーレンにたずねる。

「フリーレン様《さま》はクヴァールを封印《ふういん》したのですよね。そうしたのには何《なに》か理由《りゆう》があるのですか?」

「単純《たんじゅん》にクヴァールが強《つよ》かったからだよ」

つまり、フリーレンたち一行《いっこう》の力《ちから》でも倒《たお》しきれなかった……と、フェルンは着《き》ているワンピースの裾《すそ》をぎゅっとにぎった。

フリーレンが語《かた》る。

「勝《か》てなかった。クヴァールは魔王軍《まおうぐん》の中《なか》でも屈指《くっし》の魔法使《まほうつか》いだ。人を殺す魔法《ゾルトラーク》、奴《やつ》の開発《かいはつ》した史上初《しじょうはつ》の貫通魔法《かんつうまほう》。人類《じんるい》の防御魔法《ぼうぎょまほう》はもちろん、装備《そうび》の魔《ま》法耐性《ほうたいせい》さえも貫通《かんつう》し、人体《じんたい》を直接破壊《ちょくせつはかい》する魔法《まほう》だ。

この地方《ちほう》では、冒険者《ぼうけんしゃ》の四割《よんわり》、魔法使《まほうつか》いにいたっては七割《ななわり》が、人を殺す魔法《ゾルトラーク》によって殺《ころ》されたといわれている」

フェルンがたまらず、下《した》の段《だん》のフリーレンをのぞきこんで言《い》う。

「そんなの、強《つよ》すぎるじゃないですか」

「そう、強《つよ》すぎた。強《つよ》すぎたんだよ」

膝《ひざ》の上《うえ》に置《お》いた魔法史《まほうし》の本《ほん》に手《て》を置《お》いて、フリーレンは言葉《ことば》を続《つづ》けた。

「だからこそ、その強《つよ》さが仇《あだ》になった」

「どういうことですか？」

フェルンが聞《き》くと、フリーレンはムッとした顔《かお》でフェルンを見《み》あげ、魔《ま》法《ほう》史《し》の本《ほん》を持《も》って立《た》ちあがった。

「本当《ほんとう》に魔《ま》法《ほう》史《し》読《よ》んでいないんだね」

ずい、とフェルンに顔《かお》を近《ちか》づける。

「やっぱり読《よ》み聞《き》かせようか」

「今《いま》から読《よ》みます」

急《いそ》いで手《て》を出《だ》そうとするフェルンをスルーして、フリーレンは自分《じぶん》のベッドにもどる。

「いや、いいよ。しっかり睡眠《すいみん》をとるほうが大事《だいじ》だ。どうせ明日《あした》にはわかる」


翌朝《よくあさ》。

フリーレンとフェルンは二人《ふたり》でクヴァールのもとへやってきた。

フェルンは緊張《きんちょう》していた。

間合《まあ》いを保《たも》ち、二人《ふたり》とも杖《つえ》をかまえる。

気持《きも》ちをひきしめてフリーレンが告《つ》げた。

「封印《ふういん》を解《と》くよ。油断《ゆだん》しないようにね」

フリーレンが杖《つえ》を両手《りょうて》でかかげると、クヴァールの全身《ぜんしん》から煙《けむり》のようなものが立《た》ちのぼり、足《あし》もとから上《うえ》へむかって、全身《ぜんしん》の色《いろ》つやが石《いし》のようなものから、生《い》きているもののそれに変《か》わってゆく。

左手《ひだりて》の封印《ふういん》が解《と》けると、ぴくり、と指《ゆび》が動《うご》き、フェルンは身《み》がまえた。ほどなく頭《あたま》に生《は》えた角《つの》の先《さき》まで封印《ふういん》が解《と》けた。ゆっくりと立《た》ちあがる。とても大《おお》きい。地《ち》を震《ふる》わせる低《ひく》い声《こえ》でクヴァールがたんたんと言《い》った。

「久《ひさ》しいのう、フリーレン。何年《なんねん》経《た》った？」

怒《おこ》っている様子《ようす》もなく、それは強者《きょうしゃ》の余裕《よゆう》なのだろうか。

「八十年《はちじゅうねん》」

「たった八十年《はちじゅうねん》か」

「私《わたし》たちにとってはね」

フェルンは最大《さいだい》の警戒《けいかい》をしていた。

クヴァールがさらにたずねる。

「……魔王様《まおうさま》は？」

「殺《ころ》した」

フリーレンの短《みじか》いこたえに、クヴァールはゆっくりと動《うご》いた。

「そうか。では、敵討《かたきう》ちといこうかのう」

左手《ひだりて》を上《あ》げ、かまえる。

フリーレンが落《お》ち着《つ》きはらった声《こえ》でフェルンに指示《しじ》した。

「フェルン、前方《ぜんぽう》に防御魔法《ぼうぎょまほう》」

それと同時《どうじ》にクヴァールが左手《ひだりて》に貯《た》めた魔力《まりょく》を二人《ふたり》にむけて放《はな》つ。

「人を殺す魔法《ゾルトラーク》」

目《め》もくらむほどのまばゆい光《ひかり》で魔法《まほう》の攻撃《こうげき》が襲《おそ》ってくる。

地面《じめん》を削《けず》り、土塊《つちくれ》を弾《はじ》きとばし、土煙《つちけむり》があがる。

土煙《つちけむり》がおさまったとき、防御魔法《ぼうぎょまほう》の盾《たて》に守《まも》られている二人《ふたり》を見《み》つけたクヴァールはたんたんと言《い》った。

「ほう、おどろいた。人を殺す魔法《ゾルトラーク》を防《ふせ》ぐとは」

目《め》を細《ほそ》めて、じーっとフェルンの防御魔法《ぼうぎょまほう》を観察《かんさつ》している。

「ずいぶん高度《こうど》な防御術式《ぼうぎょじゅつしき》じゃのう」

フェルンは予想外《よそうがい》の展開《てんかい》に、動揺《どうよう》していた。昨夜《さくや》聞《き》いた話《はなし》からは、とうてい信《しん》じられないことが起《お》きたのだ。大《おお》いにとまどいながらたずねる。

「……フリーレン様《さま》、これはどういうことですか……？　今《いま》のは〝一般攻撃魔法《いっぱんこうげきまほう》〟です」

魔法《まほう》でする攻撃《こうげき》の基本中《きほんちゅう》の基本《きほん》だ。

フリーレンがクヴァールから目《め》を離《はな》さずにこたえる。

「あれがゾルトラーク――奴《やつ》が開発《かいはつ》したいわゆる〝人《ひと》を殺《ころ》す魔法《まほう》〟だよ」

あっけにとられているフェルンを置《お》いて、フリーレンがクヴァールに語《かた》りかける。

「クヴァール、お前《まえ》の魔法《まほう》は強《つよ》すぎたんだ。お前《まえ》が封印《ふういん》されてから、大陸中《たいりくじゅう》の魔法使《まほうつか》いが人を殺す魔法《ゾルトラーク》をこぞって研究《けんきゅう》、解析《かいせき》した。

わずか数年《すうねん》で、人を殺す魔法《ゾルトラーク》は人類《じんるい》の魔法体系《まほうたいけい》に組《く》み込《こ》まれ、新《あたら》しい防御術式《ぼうぎょじゅつしき》による強《きょう》力《りょく》な防御魔法《ぼうぎょまほう》が開発《かいはつ》された。装備《そうび》による魔法耐性《まほうたいせい》も格段《かくだん》に向上《こうじょう》し、人を殺す魔法《ゾルトラーク》は〝人《ひと》を殺《ころ》す魔法《まほう》〟ではなくなった」

そういうことだったのか、とフェルンは納得《なっとく》した。

「今《いま》では、一般攻撃魔法《いっぱんこうげきまほう》と呼《よ》ばれているよ」

「ふむ……」と右手《みぎて》であごひげをなでながら、クヴァールは何《なに》ごとか考《かんが》えているようだ。

フリーレンは言葉《ことば》を続《つづ》けた。

「八十年《はちじゅうねん》は人間《にんげん》にとって相当長《そうとうなが》い時間《じかん》らしい。クヴァール、おとなしくしていれば、楽《らく》に殺《ころ》してやる」

フリーレンの宣告《せんこく》を気《き》にもとめず、クヴァールが一人《ひとり》、勝手《かって》にしゃべる。

「──なるほど。なるほどのう。攻撃魔法《こうげきまほう》に同調《どうちょう》し、威力《いりょく》を分散《ぶんさん》させる仕組《しく》みか……複雑《ふくざつ》な術式《じゅつしき》じゃのう」

左手《ひだりて》の上《うえ》で防御魔法《ぼうぎょまほう》の多角形《たかくけい》の単位《たんい》をひとつ、再現《さいげん》してみる。

ぱりん、とそれをにぎりつぶして砕《くだ》き、クヴァールはニヤリとした。

「魔力《まりょく》の消費《しょうひ》もさぞつらかろう」

クヴァールの全身《ぜんしん》が怪《あや》しく光《ひか》りはじめる。

フリーレンがフェルンにささやいた。

「防御魔法《ぼうぎょまほう》の弱点《じゃくてん》に気《き》づかれた。フェルン、対処《たいしょ》できるよね」

「……はい。練習《れんしゅう》でもう見《み》ましたから」

次《つぎ》の瞬間《しゅんかん》、両手《りょうて》を広《ひろ》げたクヴァールの全身《ぜんしん》から無数《むすう》の攻撃魔法《こうげきまほう》の光《ひかり》が放《はな》たれた。

フェルンの背後《はいご》へフリーレンがすばやく下《さ》がり、こう言《い》った。

「じゃあ、私《わたし》の分《ぶん》も防御《ぼうぎょ》お願《ねが》い」

特訓《とっくん》のとおり、フェルンはひとつひとつの攻撃《こうげき》の光《ひかり》を最小単位《さいしょうたんい》の防御魔法《ぼうぎょまほう》で弾《はじ》いてゆく。クヴァールが次《つぎ》から次《つぎ》へと途切《とぎ》れることなく攻撃《こうげき》してくるが、フェルンは冷静《れいせい》に対処《たいしょ》できていた。

それはごく普通《ふつう》にある一般攻撃魔法《いっぱんこうげきまほう》で、見慣《みな》れたものだったからだ。

しかし、敵《てき》の魔力《まりょく》は膨大《ぼうだい》だった。手数《てかず》を増《ふ》やし、しつこく攻撃《こうげき》を続《つづ》けてフェルンの魔力《まりょく》が尽《つ》きるのを待《ま》つ消耗戦《しょうもうせん》にもちこもうとしている。

さらに激《はげ》しさを増《ま》す攻撃《こうげき》に、フェルンの小《ちい》さな防御魔法《ぼうぎょまほう》の単位《たんい》がひとつ、またひとつと壊《こわ》されだす。フェルンは自分《じぶん》の前《まえ》に大《おお》きな盾《たて》となる防御魔法《ぼうぎょまほう》を新《あら》たに三重《さんじゅう》に展開《てんかい》した。

けれど、三重《さんじゅう》の防御魔法《ぼうぎょまほう》の盾《たて》が耐《た》えきれず、一枚《いちまい》、また一枚《いちまい》、と砕《くだ》かれ――。

地《ち》に膝《ひざ》をついて必死《ひっし》に耐《た》えるフェルンに、勝利《しょうり》を確信《かくしん》したのか、クヴァールがニッと笑《わら》ったとき……何《なに》かに気《き》づいた。

ハッと視線《しせん》を上《うえ》にむけると、フリーレンが宙《ちゅう》に浮《う》いていた。クヴァールの頭上《ずじょう》だ。

「ほう、飛《と》べるのか。おもしろいっ……！」

フリーレンは杖《つえ》をかまえ、すばやく攻撃《こうげき》のための魔法陣《まほうじん》を宙《ちゅう》に展開《てんかい》した。クヴァールにむけて、静《しず》かにひとこと告《つ》げる。

「人を殺す魔法《ゾルトラーク》」

フリーレンが最大出力《さいだいしゅつりょく》で打《う》ち出《だ》した攻撃魔法《こうげきまほう》は、クヴァールの首《くび》から下《した》のほとんどを瞬《しゅん》時《じ》に消《け》し飛《と》ばした。

「!! ……フリー……レ……儂《わし》、の……ま、ほう……を………」

そう言《い》い残《のこ》し、かつて恐《おそ》れられた魔族《まぞく》の魔法使《まほうつか》い、腐敗《ふはい》の賢老《けんろう》クヴァールは、あとかたなく霧散《むさん》して消《き》えた。

すうーっと音《おと》もなく、静《しず》かにフリーレンは地上《ちじょう》におりた。戦《たたか》いの名残《なごり》の風《かぜ》に、ふたつ結《むす》びにした髪《かみ》がなびくのみだ。

村《むら》にもどり、フリーレンとフェルンがクヴァールが消滅《しょうめつ》したことを知《し》らせると、村人《むらびと》たちは大喜《おおよろこ》びした。

フェルンは収穫用《しゅうかくよう》の荷馬車《にばしゃ》の荷台《にだい》に腰《こし》かけて魔法史《まほうし》の本《ほん》を読《よ》み、フリーレンはひっきりなしに交代《こうたい》でやってくる村人《むらびと》たちの感謝《かんしゃ》の言葉《ことば》を一人《ひとり》で受《う》けている。

老人《ろうじん》がフリーレンの手《て》をとって、うやうやしく頭《あたま》を下《さ》げた。

「これで私《わたし》たちも平穏《へいおん》に暮《く》らせます」

フリーレンは老人《ろうじん》の背中《せなか》に見《み》えた麦《むぎ》わら帽子《ぼうし》についてたずねた。

「ねぇ、その帽子《ぼうし》……」

「これですか？」

老人《ろうじん》は帽子《ぼうし》を背《せ》からはずすとフリーレンに手渡《てわた》した。

「この地方《ちほう》はこの季節《きせつ》でも日差《ひざ》しが強《つよ》いので、農業《のうぎょう》のお供《とも》ですよ」

「どっかで見覚《みおぼ》えあるんだよね……」

帽子《ぼうし》をあちこちからながめたり、老人《ろうじん》の顔《かお》と見比《みくら》べていたフリーレンだが、ふと思《おも》いついて老人《ろうじん》に帽子《ぼうし》をかぶせてみる。

ゆっくりと顔《かお》を上《あ》げた老人《ろうじん》の笑顔《えがお》から、フリーレンは八十年前《はちじゅうねんまえ》に見《み》た男《おとこ》の子《こ》の顔《かお》を思《おも》い出《だ》していた。

「……お前《まえ》、私《わたし》のスカートめくったクソガキだな」

クヴァールを封印《ふういん》したときのこと。

ヒンメルたち一行《いっこう》がこの場所《ばしょ》で会話《かいわ》をしていたら、麦《むぎ》わら帽子《ぼうし》をかぶった男《おとこ》の子《こ》が『えいっ』といきなり後《うし》ろからフリーレンのスカートをめくった。

ヒンメルが気《き》づき、カッとなってキレた。

『なぁぁぁにぃやっとんじゃクソガキィィィッ!! ブッ殺《ころ》してやる!! 僕《ぼく》だって見《み》たかったのに！』

逃《に》げる男《おとこ》の子《こ》を追《お》いかけようとするヒンメルを、アイゼンとハイターが羽交《はが》い締《じ》めにして止《と》める。

『殺《ころ》しはまずいぞ』

『私《わたし》の見《み》せてあげますから』

けらけらと笑《わら》ってあたりを走《はし》り回《まわ》る男《おとこ》の子《こ》と、じたばたするヒンメルに、フリーレンはドン引《び》きしたのだった。

「まだ生《い》きてたんだ」

「おかげでもっと長生《ながい》きできそうです」

老人《ろうじん》は笑顔《えがお》で空《そら》を見《み》あげた。

今日《きょう》もよく晴《は》れて、雲《くも》がゆったりと流《なが》れてゆく。

「ヒンメル様《さま》の言葉《ことば》を信《しん》じて待《ま》ったかいがありました」

フリーレンも空《そら》を見《み》あげた。


荷馬車《にばしゃ》の荷台《にだい》に並《なら》んで乗《の》り、二人《ふたり》は次《つぎ》の村《むら》の近《ちか》くまで送《おく》ってもらっていた。

フェルンはひきつづき荷台《にだい》で魔法史《まほうし》の本《ほん》を読《よ》んでいたが、ふとフリーレンにたずねた。

「フリーレン様《さま》、感謝《かんしゃ》されていましたね」

「直接《ちょくせつ》の感謝《かんしゃ》じゃないよ」

その言葉《ことば》に首《くび》をかしげてフリーレンを見《み》るフェルンに、フリーレンがこたえた。

「この村《むら》の人《ひと》たちはヒンメルを信《しん》じていたんだ」

フリーレンが空《そら》を見《み》あげるので、フェルンも真似《まね》をした。

「よくわかりませんが……ヒンメル様《さま》はフリーレン様《さま》を信《しん》じていたのだと思《おも》いますよ」

木陰《こかげ》に入《はい》り、空《そら》が枝《えだ》に隠《かく》される。視線《しせん》を下《した》に移《うつ》したフェルンにフリーレンが手《て》を伸《の》ばし、ふいに頭《あたま》をなでる。

「どうしたのですか？」

「別《べつ》に」

木陰《こかげ》を抜《ぬ》けたので、またフリーレンが空《そら》を見《み》あげた。

がたごとと揺《ゆ》れながら、荷馬車《にばしゃ》はのんびりと進《すす》んでゆく。

4 魂《たましい》の眠《ねむ》る地《ち》

勇者《ゆうしゃ》ヒンメルの死《し》から二《に》十八年《じゅうはちねん》後《ご》。

中央諸国《ちゅうおうしょこく》、グランツ海峡《かいきょう》。


秋《あき》も深《ふか》まった。

フリーレンとフェルンは、海峡《かいきょう》に面《めん》した村《むら》を訪《おとず》れていた。

水平線《すいへいせん》のむこうに対岸《たいがん》の山並《やまな》みが望《のぞ》める。風《かぜ》はなぎ、海《うみ》は穏《おだ》やかで、砂浜《すなはま》に波《なみ》が寄《よ》せては返《かえ》している。

しかし、その砂浜《すなはま》はさまざまなゴミでひどく散《ち》らかっていた。漂流物《ひょうりゅうぶつ》が打《う》ちあげられているのだ。特《とく》に古《ふる》い難破船《なんぱせん》の材木《ざいもく》が多《おお》い。

材木《ざいもく》の状態《じょうたい》までばらばらになったものだけではない。海岸《かいがん》の浅瀬《あさせ》には、座礁《ざしょう》した船《ふね》の残《ざん》骸《がい》が無数《むすう》に沈《しず》んでいる。舳先《へさき》の形《かたち》をとどめて海面《かいめん》からつきだしているものや、マストだけが水中《すいちゅう》からとびだしたもの、ほとんど陸《りく》に打《う》ちあげられて横倒《よこだお》しのもの……。

そんな海岸《かいがん》の現状《げんじょう》を、この村《むら》の村長《そんちょう》がフリーレンとフェルンに案内《あんない》してくれる。

古釘《ふるくぎ》や鋭《するど》い破片《はへん》を踏《ふ》まないよう、足《あし》もとに気《き》をつけて砂浜《すなはま》を歩《ある》きながら、二人《ふたり》は村長《そんちょう》の話《はなし》を聞《き》いた。

「ここは古《ふる》くからの航行《こうこう》の難所《なんしょ》でしてな。いろいろなものが流《なが》れつくのです。昔《むかし》は村総出《むらそうで》で整備《せいび》をしていましたが……」

難破船《なんぱせん》のなれの果《は》てが最《もっと》も多《おお》く集《あつ》まっている船《ふね》の墓場《はかば》のような場所《ばしょ》で、村長《そんちょう》は足《あし》を止《と》めた。フェルンは物珍《ものめずら》しそうに難破船《なんぱせん》をながめ、フリーレンがつぶやく。

「人手《ひとで》が足《た》りなくなって放置《ほうち》ってわけか」

「以前《いぜん》は透《す》きとおるようなきれいな海《うみ》でした」

「知《し》ってるよ」

村長《そんちょう》はフリーレンにむきなおり、一冊《いっさつ》の古《ふる》びた魔導書《まどうしょ》をさしだした。

「報酬《ほうしゅう》はこれでいかがでしょうか？」

フリーレンは魔導書《まどうしょ》を手《て》にとり、ぱらぱらとページをめくった。

「……大魔法使《だいまほうつか》いフランメの著書《ちょしょ》か……」

その言葉《ことば》を耳《みみ》にしたフェルンが近《ちか》づいて魔導書《まどうしょ》に目《め》をやると、声《こえ》をかけた。

「……フリーレン様《さま》」

かまわず、フリーレンは村長《そんちょう》に問《と》う。

「この村《むら》にある魔導書《まどうしょ》はこれだけ？」

「はい」

「わかった。清掃《せいそう》の仕事《しごと》、引《ひ》き受《う》けるよ」

感謝《かんしゃ》して、村長《そんちょう》は砂浜《すなはま》へのぼりおりするための階段《かいだん》をのぼって帰《かえ》ってゆく。村《むら》は崖《がけ》の上《うえ》にあるのだ。

フェルンがフリーレンを横目《よこめ》で見《み》て、小声《こごえ》でたずねた。

「……その魔導書《まどうしょ》、偽物《にせもの》ですよね」

フリーレンはフェルンを見《み》つめ返《かえ》し、こたえた。

「言《い》われたとおり勉強《べんきょう》しているね。偉《えら》いよ、フェルン」

手《て》にした魔導書《まどうしょ》に視線《しせん》を移《うつ》し、フリーレンは断言《だんげん》した。

「フランメの著書《ちょしょ》に本物《ほんもの》なし。これも出来《でき》の悪《わる》い偽物《にせもの》だ」

「どうして引《ひ》き受《う》けたのですか？」

「……困《こま》ってる人《ひと》がいるみたいだったからね」

「ただの善意《ぜんい》とは思《おも》えません」

船《ふね》の墓場《はかば》をながめ、フリーレンは静《しず》かに言《い》った。

「……そうだね。これは自分《じぶん》のためだ」

「……また長《なが》い滞在《たいざい》になりそうですね」

歩《ある》きだす二人《ふたり》の背《せ》に波音《なみおと》が響《ひび》く。


それから三《さん》か月《げつ》。

真冬《まふゆ》になった。二人《ふたり》は村《むら》の宿《やど》に滞在《たいざい》し、毎日朝《まいにちあさ》から砂浜《すなはま》を片《かた》づけた。魔法《まほう》で重《おも》たい材木《ざいもく》を動《うご》かして一《いっ》か所《しょ》に集《あつ》め、火《ひ》を点《つ》けて燃《も》やす。そのくりかえし。

朝一番《あさいちばん》に、雪《ゆき》のちらつく中《なか》をフェルンはパンを買《か》いにいった。朝食《ちょうしょく》に食《た》べるのだ。

女性店主《じょせいてんしゅ》が、フェルンの買《か》い物《もの》かごいっぱいにパンを詰《つ》めてくれる。

「いつもありがとうね、フェルンちゃん。ひとつおまけしといたから」

「ありがとうございます」

「もう三《さん》か月《げつ》になるね。村《むら》には慣《な》れたかい？」

「はい」

隣《となり》の店先《みせさき》で掃除《そうじ》をしていた老婦人《ろうふじん》もフェルンに話《はな》しかけてきた。

「この時期《じき》の海岸《かいがん》は冷《ひ》えるから、気《き》をつけぇよ」

宿《やど》への石畳《いしだたみ》の道《みち》をもどりながら、フェルンはちらちらと降《ふ》ってくる雪《ゆき》を見《み》あげた。

「……もう冬《ふゆ》か……」

宿《やど》の部屋《へや》のドアを開《あ》けると、ふたつあるうちの手前《てまえ》のベッドで、フリーレンが顔《かお》に本《ほん》をのせたまま寝《ね》ていた。ベッドの周囲《しゅうい》には十数冊《じゅうすうさつ》の本《ほん》が乱雑《らんざつ》に放《ほう》りだされている。

フェルンはぼやいた。

「……まだ寝《ね》てる……こんなに散《ち》らかして……昨日片《きのうかた》づけたばっかりなのに……」

フリーレンの顔《かお》から本《ほん》をどけると、フェルンは大《おお》きな声《こえ》を出《だ》した。

「フリーレン様《さま》、朝《あさ》でございます。起《お》きてください」

「んーん……」

まぶしそうに顔《かお》をしかめただけで起《お》きないフリーレンをフェルンは引《ひ》っぱり起《お》こし、化粧台《けしょうだい》の前《まえ》に座《すわ》らせ、髪《かみ》をとかして結《むす》んでやる。しかしフリーレンはまだ半分寝《はんぶんね》たままだ。

寝《ね》ぼけたフリーレンをベッドに腰《こし》かけさせ、パンを食《た》べさせ、パンくずだらけの口《くち》のまわりを布《ぬの》でぬぐい、寝間着《ねまき》をひっぺがえして脱《ぬ》がせる。

フェルンにされるがままのフリーレンは、まだ夢《ゆめ》の中《なか》にいるようだ。目《め》が開《あ》いていない。服《ふく》を着《き》せ、防寒用《ぼうかんよう》のマフラーも結《むす》んでやって、フェルンはフリーレンに呼《よ》びかけた。

「海岸《かいがん》の清掃《せいそう》に行《い》きますよ」

フリーレンの返事《へんじ》はない。まだ目《め》が覚《さ》めていないようだ。

フェルンはため息《いき》をついた。

魔法《まほう》の杖《つえ》を手《て》に持《も》たせたフリーレンの背中《せなか》を押《お》して強引《ごういん》に歩《ある》かせ、外《そと》へ出《で》る。

自分《じぶん》の杖《つえ》を手《て》に持《も》ち、もう片手《かたて》でフリーレンの片手《かたて》を引《ひ》っぱって、海岸《かいがん》への道《みち》をフェルンはずんずん進《すす》む。

すれ違《ちが》った村人《むらびと》たちが半分眠《はんぶんねむ》ったまま歩《ある》くフリーレンをあきれ顔《がお》で見《み》ていた。

海岸《かいがん》で船《ふね》の残骸《ざんがい》を片《かた》づけはじめても、まだフリーレンは寝《ね》ぼけたままだ。目《め》はほとんど開《あ》いていないけれど、魔法《まほう》だけはちゃんとコントロールしている。

海《うみ》に沈《しず》んでいた材木《ざいもく》を水底《みなそこ》から魔法《まほう》で次々持《つぎつぎも》ちあげて、砂浜《すなはま》にまとめて積《つ》む。

寒風《かんぷう》が吹《ふ》きぬけ、フリーレンがぼやいた。

「う～、寒《さむ》い……」

やっと目《め》が覚《さ》めてきたらしい。

フェルンはフリーレンをちらりと見《み》やり、すぐに遠《とお》くに視線《しせん》を投《な》げて言《い》った。

「……ふと思《おも》ったのですが……」

「……何《なに》？」

「フリーレン様《さま》ってもしかして、すごくだらしがない人《ひと》なのでしょうか？　……毎朝《まいあさ》、フリーレン様《さま》のことを起《お》こして、ご飯食《はんた》べさせて、服着《ふくき》せて……これ私《わたし》、完全《かんぜん》にお母《かあ》さんですよね」

またチラッとフリーレンをふりむくと、フリーレンはたんたんと杖《つえ》をふるって作業《さぎょう》しながらこたえる。

「一人《ひとり》でもできるよ」

「でも、それだと昼《ひる》まで寝《ね》ていますよね」

「うん」

「まあ別《べつ》に私《わたし》はもうあきらめていますけど……」

「ごめんって……」

フェルンも杖《つえ》をふるい、もくもくと仕事《しごと》を続《つづ》けながら質問《しつもん》した。

「勇者様《ゆうしゃさま》ご一行《いっこう》との旅《たび》はどうしていたんですか？　世話《せわ》をしてくれる人《ひと》なんていないですよね」

「寝坊《ねぼう》はしょっちゅうだったね」

魔法《まほう》で海中《かいちゅう》から拾《ひろ》いあげた材木《ざいもく》や樽《たる》や壊《こわ》れた木箱《きばこ》が次々《つぎつぎ》に宙《ちゅう》を飛《と》んで、背後《はいご》の砂浜《すなはま》に積《つ》みあがってゆく。

「怒《おこ》られたりはしなかったんですか？」

「怒《おこ》られたよ、一度《いちど》だけね」

「一度《いちど》だけですか……勇者様《ゆうしゃさま》たちって寛大《かんだい》なんですね」

フェルンの言葉《ことば》に、フリーレンはあっけらかんとこたえた。

「器《うつわ》が違《ちが》うよね。あとはハイターがたまに舌打《したう》ちしたくらいかな」


フリーレンは思《おも》い出《だ》していた。

あの冒険《ぼうけん》の旅《たび》のとき、宿《やど》の部屋《へや》で寝坊《ねぼう》して他《ほか》の三人《さんにん》に謝《あやま》ると――。

『ごめん……』

ハイターが舌打《したう》ちする。

『チッ』

あわててヒンメルとアイゼンがハイターをなだめた。

『おい……』

『気持《きも》ちはわかるけどさ……』


その話《はなし》を聞《き》いたフェルンは、ハイターと暮《く》らしたことがあるので、彼《かれ》の性格《せいかく》をよくわかっていた。

「それ、普通《ふつう》にブチギレてますよ」

と、のんきなフリーレンにフェルンはあきれたのだった。

二人《ふたり》は無言《むごん》になり、ひたすら海中《かいちゅう》から材木《ざいもく》などの残骸《ざんがい》を拾《ひろ》いあげ続《つづ》ける。

半日《はんにち》かけて山《やま》になった残骸《ざんがい》を、魔法《まほう》で乾《かわ》かし、火《ひ》を点《つ》けてきれいに燃《も》やして消《け》し去《さ》る。

毎日《まいにち》この作業《さぎょう》のくりかえしだ。

凍《こご》えてしまった体《からだ》を残骸《ざんがい》の焚《た》き火《び》で温《あたた》め、後始末《あとしまつ》をしてから夕方宿《ゆうがたやど》に帰《かえ》る。

宿《やど》の食堂《しょくどう》で夕食《ゆうしょく》をとる二人《ふたり》を村長《そんちょう》が訪《たず》ねてきた。

「清掃《せいそう》は順調《じゅんちょう》ですかな」

「あと三分《さんぶん》の一《いち》ってところかな」

と、パンを頬張《ほおば》りながらフリーレンがこたえた。

「新年祭《しんねんさい》までに間《ま》に合《あ》いそうですか？」

「なんとかね」

「あ〜、でしたら今回《こんかい》はぜひとも日《ひ》の出《で》を見《み》ていただけるとうれしいです、フリーレン様《さま》」

フリーレンはスープを口《くち》にして、村長《そんちょう》に何《なに》もこたえなかった。

返事《へんじ》をせず、思案顔《しあんがお》で食事《しょくじ》をするフリーレンを、フェルンは不思議《ふしぎ》に思《おも》った。


翌日《よくじつ》も海岸《かいがん》で同《おな》じ作業《さぎょう》が続《つづ》く。

ひたすらに杖《つえ》をふるい、魔法《まほう》で材木《ざいもく》を拾《ひろ》いあげつつ、フェルンはフリーレンに聞《き》いた。

「海岸《かいがん》の清掃《せいそう》と新年祭《しんねんさい》って……なんの関係《かんけい》があるのですか？」

「この村《むら》では新年祭《しんねんさい》の日《ひ》に日《ひ》の出《で》を見《み》る習慣《しゅうかん》があるんだ。透《す》きとおるような海《うみ》に日《ひ》の光《ひかり》が反射《はんしゃ》して、とてもきれいなんだってさ」

村長《そんちょう》が「今回《こんかい》は」と言《い》ったということは、以前《いぜん》の旅《たび》で、フリーレンはこの村《むら》の新年祭《しんねんさい》に来《き》たことがあるのだろう。なのでフェルンは続《つづ》けて聞《き》いた。

「フリーレン様《さま》は見《み》なかったのですか？」

「私《わたし》が起《お》きれると思《おも》う？」

チラッとフェルンをうかがったフリーレンに、フェルンは小《ちい》さく笑《わら》った。

「それもそうですね」

細《こま》かな残骸《ざんがい》を動《うご》かし終《お》えると、その下《した》から巨大《きょだい》な難破船《なんぱせん》の骨組《ほねぐ》みが現《あらわ》れた。

フリーレンが指示《しじ》する。

「急《いそ》ごうか。あまり時間《じかん》もない」

二人《ふたり》で力《ちから》を合《あ》わせ、巨大《きょだい》な船《ふね》を持《も》ちあげる。


それからも毎日《まいにち》、作業《さぎょう》は続《つづ》いた。

比較的形《ひかくてきかたち》をとどめた難破船《なんぱせん》ばかりが後回《あとまわ》しで残《のこ》っている。ばらばらになったものの次《つぎ》は、持《も》ちあげたときくずれそうなものから解体《かいたい》していったのだ。

難破船《なんぱせん》を海上《かいじょう》に浮《う》かせ、積《つ》み荷《に》を船倉《せんそう》から魔法《まほう》で運《はこ》びだす。樽《たる》や木箱《きばこ》が列《れつ》をなして宙《ちゅう》を飛《と》び、砂浜《すなはま》に積《つ》みあがる。あらかた運《はこ》びだせたら、残《のこ》っているものがないか確認《かくにん》するため二人《ふたり》は船室《せんしつ》に入《はい》り……白骨化《はっこつか》した船長《せんちょう》らしき遺体《いたい》に震《ふる》えあがった。

立派《りっぱ》な宝箱《たからばこ》も出《で》てきた。フリーレンが喜《よろこ》び勇《いさ》んでふたを開《あ》け、中身《なかみ》をあらためる。でも入《はい》っていたのは海藻《かいそう》だけだった。

こうして大《おお》きな難破船《なんぱせん》を何隻《なんせき》も片《かた》づけ、すべて焼却《しょうきゃく》して、新年祭《しんねんさい》の前日《ぜんじつ》、やっと海岸《かいがん》はもとの美《うつく》しさをとりもどした。

終了《しゅうりょう》した日《ひ》の夕方《ゆうがた》、砂浜《すなはま》に村長《そんちょう》を呼《よ》びよせて、三人《さんにん》で仕事《しごと》が完了《かんりょう》したことを確認《かくにん》する。

フェルンは海水《かいすい》をひとすくい、魔法《まほう》で球状《きゅうじょう》にして宙《ちゅう》に浮《う》かべ、夕日《ゆうひ》に透《す》かした。

何《なに》も不純物《ふじゅんぶつ》が混《ま》ざっていない、透明《とうめい》できれいな海水《かいすい》だ。

「水質《すいしつ》も問題《もんだい》ありませんね」

そう言《い》うと、フェルンは球状《きゅうじょう》の海水《かいすい》を海《うみ》にもどした。

茜色《あかねいろ》の夕日《ゆうひ》がきらきらと波頭《なみがしら》に反射《はんしゃ》する海《うみ》をながめながら、フリーレンが言《い》う。

「なんとか前日《ぜんじつ》までに間《ま》に合《あ》ったね」

「最初《さいしょ》のときとは見違《みちが》えました」

と、フェルンも美《うつく》しい景色《けしき》をながめた。

村長《そんちょう》が礼《れい》を言《い》う。

「助《たす》かりました、フリーレン様《さま》。もちろん新年祭《しんねんさい》にも参加《さんか》されますな」

「うん」

フリーレンが即答《そくとう》したので、フェルンはおどろいた。

思《おも》わずまじまじとフリーレンの顔《かお》を見《み》てしまう。

「歓迎《かんげい》いたしますぞ」

村長《そんちょう》は笑顔《えがお》でそう告《つ》げた。

すっかりたそがれた宿《やど》への帰《かえ》り道《みち》、フェルンはフリーレンに詰《つ》めよった。

「正気《しょうき》ですか？　フリーレン様《さま》。太陽《たいよう》が昇《のぼ》る前《まえ》に起《お》きるんですよ。不可能《ふかのう》でございます」

「徹夜《てつや》するから大丈夫《だいじょうぶ》だよ」

「そこまでして、日《ひ》の出《で》が見《み》たいのですか？」

「正直《しょうじき》、興味《きょうみ》はないよ。だから、見《み》て確《たし》かめるんだ」

さらりと言《い》いきるフリーレンに、フェルンはとまどった。

「……よくわかりません」

「そうだね……」

そしてその夜《よる》、徹夜《てつや》で魔導書《まどうしょ》を読《よ》むというフリーレンを残《のこ》して、フェルンは隣《となり》のベッドで眠《ねむ》った。

眠《ねむ》ったフェルンを横目《よこめ》に、フリーレンはヒンメルたちとの旅《たび》で、この村《むら》の新年祭《しんねんさい》に立《た》ち寄《よ》ったときのことを思《おも》い出《だ》していた。

寝《ね》ていて、日《ひ》の出《で》を見《み》ることに参加《さんか》しなかったフリーレンを、宿《やど》の部屋《へや》にもどってきたヒンメルが問《と》いつめた。

『なぜ新年祭《しんねんさい》に来《こ》なかったんだ、フリーレン？　ハイターなんてショックのあまり寝《ね》こんでしまったぞ。かわいそうに……』

確《たし》かに、ハイターは苦《くる》しそうな表情《ひょうじょう》でベッドに横《よこ》たわっている。

アイゼンがツッコんだ。

『酒《さけ》の飲《の》みすぎでダウンしているだけだぞ』

フリーレンはこたえた。

『みんなは行《い》けたんだから、それでいいじゃん』

ヒンメルが言《い》い返《かえ》した。

『僕《ぼく》たちはね、君《きみ》にも楽《たの》しんでほしかったんだよ』

『ただの日《ひ》の出《で》でしょ。楽《たの》しめるとは思《おも》えないけど』

『いいや、楽《たの》しめるね』

『どうして？』

『君《きみ》はそういう奴《やつ》だからだ』


そして今回《こんかい》の新年祭《しんねんさい》の朝《あさ》、薄明《はくめい》のころ……。

目《め》を覚《さ》ましたフェルンは、まず隣《となり》のベッドを見《み》た。

「……寝《ね》てる……」

フリーレンがぐっすりと眠《ねむ》っている。

フェルンはガバッと上半身《じょうはんしん》を起《お》こし、大声《おおごえ》をあげた。

「寝《ね》てる！」

あわててフェルンはベッドからおり、フリーレンを起《お》こしにかかる。

「フリーレン様《さま》！　起《お》きてください！　新年祭《しんねんさい》に遅《おく》れますよ！」

「……お母《かあ》さん、ムニャムニャ……」

「誰《だれ》がお母《かあ》さんですか！」

眠《ねむ》ったままのフリーレンをむりやり着替《きが》えさせ、手《て》を引《ひ》っぱって、フェルンは海岸《かいがん》まで急《いそ》ぎ足《あし》でむかった。村《むら》の通《とお》りを足早《あしばや》に進《すす》みながらぼやく。

「……なんで私《わたし》がこんなこと……」

引《ひ》っぱられながらも、フリーレンはまだ夢《ゆめ》の中《なか》だ。寝言《ねごと》を言《い》っている。

「ムニャムニャ……ありがとう……フェルン」

フェルンはあきれぎみに笑《わら》った。

砂浜《すなはま》におりてゆく階段《かいだん》がある崖《がけ》の上《うえ》。新年祭《しんねんさい》の旗《はた》が何本《なんぼん》も立《た》てられ、柵《さく》にもたれておおぜいの村人《むらびと》たちが日《ひ》の出《で》を見《み》ていた。

対岸《たいがん》の岬《みさき》の先《さき》、大海《たいかい》への出口《でぐち》で空《そら》と海《うみ》が接《せっ》するところから、朝日《あさひ》が昇《のぼ》ってくる。

ようやく目《め》が覚《さ》め、気《き》がつけばここにいたフリーレンは日《ひ》の出《で》をながめながら思《おも》った。

(ん〜、確《たし》かにきれいだけど……早起《はやお》きしてまで見《み》るものじゃないな……。ヒンメルは私《わたし》のことわかってないな……)

隣《となり》にいるフェルンに、フリーレンは声《こえ》をかけた。

「フェルン、帰《かえ》って二度寝《にどね》──」

「フリーレン様《さま》、とてもきれいですね」

海面《かいめん》にきらめく朝日《あさひ》の光《ひかり》……フェルンは目《め》を輝《かがや》かせて見入《みい》っている。口《くち》もとには自然《しぜん》と微笑《ほほえ》みを浮《う》かべていた。フリーレンはつぶやいた。

「……そうかな……ただの日《ひ》の出《で》だよ」

するとフェルンがフリーレンにまなざしをむけた。

「でもフリーレン様《さま》、少《すこ》し楽《たの》しそうです」

「それは……フェルンが笑《わら》っていたから……」

フリーレンはハッとし、微笑《ほほえ》んだ。

「……私一人《わたしひとり》じゃ、この日《ひ》の出《で》は見《み》れなかったな」

「当《あ》たり前《まえ》です。フリーレン様《さま》は一人《ひとり》じゃ起《お》きられませんからね」


中央諸国《ちゅうおうしょこく》、ブレット地方《ちほう》。

これはドワーフの戦士《せんし》アイゼンの話《はなし》。


勇者《ゆうしゃ》ヒンメルの一行《いっこう》は旅《たび》の途中《とちゅう》で、アイゼンが住《す》んでいた小屋《こや》に立《た》ち寄《よ》ったことがあった。崖《がけ》に穴《あな》を掘《ほ》って造《つく》られた小屋《こや》だ。

そのときの――八十年《はちじゅうねん》ほど昔《むかし》のことを、同《おな》じ場所《ばしょ》――今《いま》も住《す》んでいるその小屋《こや》の前《まえ》でアイゼンは思《おも》い出《だ》していた。

小屋《こや》に立《た》ち寄《よ》ったアイゼンは、小屋《こや》の前《まえ》にあるふたつの墓石《はかいし》にむきあった。日当《ひあ》たりのよい場所《ばしょ》に並《なら》ぶ、素朴《そぼく》で小《ちい》さな墓《はか》だ。

ヒンメルとフリーレンが見守《みまも》り、ハイターがたずねた。

『ご家族《かぞく》ですか？』

『昔《むかし》の話《はなし》だ。俺《おれ》の村《むら》が魔族《まぞく》に襲《おそ》われてな』

アイゼンがこたえると、ハイターが墓石《はかいし》の前《まえ》に進《すす》み出《で》てひざまずき、胸《むね》の前《まえ》で両手《りょうて》の指《ゆび》を組《く》んだ。祈《いの》りを捧《ささ》げる姿勢《しせい》だ。

『何《なに》をしている？』

アイゼンはとまどい、ハイターに聞《き》いた。

『祈《いの》っています』

『人《ひと》は死《し》んだら無《む》に還《かえ》る』

そう言《い》うアイゼンを、僧侶《そうりょ》であるハイターが諭《さと》す。

『天国《てんごく》に行《い》くんですよ』

するとフリーレンが問《と》わず語《がた》りに説明《せつめい》をした。

『数千年前《すうせんねんまえ》までは、無《む》に還《かえ》るって考《かんが》えが主流《しゅりゅう》だったからね。ドワーフは伝統《でんとう》を重《おも》んじる。まぁ私《わたし》も天国《てんごく》には懐疑的《かいぎてき》だけど、今《いま》の人類《じんるい》の魔法技術《まほうぎじゅつ》じゃ、死後《しご》の魂《たましい》の観測《かんそく》ができないから、実在《じつざい》を証明《しょうめい》できないんだよね』

『どっちでもいいと思《おも》うけどな』

と、ヒンメルが会話《かいわ》に交《ま》ざる。

ハイターがうなずいた。

『そうですね。私《わたし》も実在《じつざい》するかどうかはどっちでもいいです』

『僧侶《そうりょ》がそれ言《い》っていいのか？　生臭坊主《なまぐさぼうず》？』

ツッコむヒンメルに対《たい》し、ハイターは真面目《まじめ》にこたえた。

『でも、たとえ実在《じつざい》しなかったとしても、あるべきものだと思《おも》います』

アイゼンが問《と》う。

『なぜだ？』

『そのほうが都合《つごう》がいいからです』

ハイターは墓石《はかいし》に語《かた》りかけるように言《い》う。

『必死《ひっし》に生《い》きてきた人《ひと》の行《い》きつく先《さき》が、無《む》であっていいはずがありません。だったら天国《てんごく》で贅沢三昧《ぜいたくざんまい》していると思《おも》ったほうがいいじゃないですか』

アイゼンも墓石《はかいし》を見《み》つめた。

ヒンメルが小《ちい》さく笑《わら》った。

『ふふっ、確《たし》かに都合《つごう》がいい。祈《いの》るか』

目《め》を伏《ふ》せ、両手《りょうて》の指《ゆび》を組《く》むヒンメルを見《み》て、フリーレンもそれにならう。

『ああ……』

と納得《なっとく》し、アイゼンも祈《いの》った。


勇者《ゆうしゃ》ヒンメルの死《し》から二十八年後《にじゅうはちねんご》。

中央諸国《ちゅうおうしょこく》、ブレット地方《ちほう》。

一人《ひとり》で暮《く》らす小屋《こや》の前《まえ》で、ふたつ並《なら》んだ墓《はか》に祈《いの》りを捧《ささ》げていたアイゼンは、懐《なつ》かしい声《こえ》でふりかえった。

「アイゼン、遊《あそ》びにきたよ」

見覚《みおぼ》えのあるトランクをさげたフリーレンが近《ちか》づいてくる。彼女《かのじょ》は、長《なが》い髪《かみ》をした少女《しょうじょ》を一人《ひとり》、連《つ》れていた。

懐《なつ》かしむでもなく、大《おお》げさに挨拶《あいさつ》をするでもなく、フリーレンはまるで数日《すうじつ》ぶりにやってきたかのような様子《ようす》だ。

「……三十年《さんじゅうねん》ぶりとは思《おも》えん態度《たいど》だな」

「たった三十年《さんじゅうねん》でしょ」

この長生《ながい》きエルフの発言《はつげん》が相変《あいか》わらずなので、アイゼンは、ふん、と鼻《はな》で笑《わら》った。

「……そうだな」

アイゼンはフリーレンと少女《しょうじょ》を小屋《こや》に招《まね》き入《い》れ、お茶《ちゃ》をふるまった。

少女《しょうじょ》はフェルンといい、ハイターが育《そだ》てた孤児《こじ》で、フリーレンの弟子《でし》となったという。

二人《ふたり》は旅《たび》の途中《とちゅう》らしい。

「……まさかお前《まえ》が弟子《でし》をとるとはな……」

アイゼンが感慨深《かんがいぶか》くつぶやくと、フリーレンが飲《の》み終《お》えたティーカップをテーブルに置《お》き、聞《き》いた。

「アイゼン、何《なに》か手伝《てつだ》ってほしいこととかってある？」

「……フリーレン、ハイターにも同《おな》じようなことを聞《き》いたらしいな。お迎《むか》えにはまだ早《はや》いぞ」

「なんで知《し》っているの？」

「文通《ぶんつう》をしていたからな」

手紙《てがみ》で互《たが》いの近況《きんきょう》を知《し》らせあっていたのだ。

「顔《かお》に似合《にあ》わず律儀《りちぎ》だね」

「お前《まえ》が素《そ》っ気《け》なさすぎるんだ」

「……で、あるの？　手伝《てつだ》ってほしいこと」

フェルンもアイゼンを見《み》つめている。アイゼンはうなずいた。


三人《さんにん》は、アイゼンの頼《たの》みでフォル盆地《ぼんち》へとやってきた。

目的地付近《もくてきちふきん》に来《き》たので、幌《ほろ》つきの乗合馬車《のりあいばしゃ》からおりる。

感謝《かんしゃ》の意《い》をこめて、フェルンが去《さ》っていく馬車《ばしゃ》の御者《ぎょしゃ》に会釈《えしゃく》した。

街道《かいどう》の周囲《しゅうい》は深《ふか》い森《もり》が広《ひろ》がっていた。季節《きせつ》は春《はる》、新緑《しんりょく》がすがすがしい。小鳥《ことり》がさえずり交《か》わしている。

あたりの景色《けしき》をながめ、山《やま》の稜線《りょうせん》を見《み》て、フリーレンが言《い》った。

「フォル盆地《ぼんち》か……懐《なつ》かしいね」

アイゼンはフリーレンにたずねた。

「来《き》たことあるのか?」

「昔《むかし》ね」

そう言《い》って、フリーレンは森《もり》の中《なか》へとてくてく歩《ある》きだす。

アイゼンはフェルンに聞《き》いた。

「……昔《むかし》って言《い》ったぞ。どれだけ前《まえ》なんだ?」

フェルンは少《すこ》し考《かんが》え、アイゼンの耳《みみ》にささやいた。

「原始時代《げんしじだい》でしょうか……」

納得《なっとく》しかけたアイゼンに、フリーレンのツッコミがとんできた。

「さすがにそこまで長生《ながい》きじゃないよ」

岩《いわ》だらけの森《もり》の中《なか》を苦労《くろう》して進《すす》みつつ、フリーレンが先《さき》を行《い》くアイゼンに問《と》う。

「それで、さがしものって?」

アイゼンの依頼《いらい》は、さがしものを手伝《てつだ》ってほしい、だった。

「大魔法使《だいまほうつか》いフランメの手記《しゅき》だ」

フェルンが岩《いわ》からとびおりるタイミングを計《はか》っているのを見守《みまも》りつつ、フリーレンが言《い》う。

「ふ〜ん……まぁいいけど。フランメの著書《ちょしょ》はほとんどが偽物《にせもの》だよ」

着地《ちゃくち》したフェルンともどもフリーレンは、次《つぎ》の岩《いわ》に登《のぼ》ったアイゼンを見《み》あげる。

アイゼンがこたえた。

「手《て》がかりはある。ハイターが聖都《せいと》に残《のこ》されたフランメの記録《きろく》をまとめあげて、わりだした場所《ばしょ》だ」

ハイターは聖都《せいと》シュトラールの図書館《としょかん》で、数多《かずおお》くの資料《しりょう》に目《め》を通《とお》したようだ。

「本物《ほんもの》の手記《しゅき》はフォル盆地《ぼんち》のどこかにある。フリーレン、お前《まえ》なら知《し》っているはずだ」

図星《ずぼし》だったのか、フリーレンがぼやいた。

「生臭坊主《なまぐさぼうず》め……そこまで調《しら》べていたのか……」

少《すこ》し考《かんが》え、フリーレンが応《おう》じた。

「……わかった。まずは大《おお》きな木《き》をさがそうか」

「大《おお》きな木《き》か……途方《とほう》もないな。たくさんあるぞ。……まあ、時間《じかん》なんていくらでもあるのか……」

「まあね」

この会話《かいわ》を後《うし》ろで聞《き》いていたフェルンが、むすーっとむくれる。

フリーレンがアイゼンに体《からだ》をちょっと寄《よ》せ、小声《こごえ》でささやいた。

「……でも、フェルンが嫌《いや》がるから、早《はや》めに終《お》わらせようか」

フリーレンらしくない発言《はつげん》にアイゼンはおどろいた。

二人《ふたり》に背《せ》をむけ、自分《じぶん》の気持《きも》ちをなだめたのか、フェルンが気《き》をとりなおしたように言《い》う。

「なるべく効率的《こうりつてき》にさがしましょう」

二人《ふたり》とは反対《はんたい》のほうへ歩《ある》きだすフェルンに、フリーレンもふりむいてあとに続《つづ》く。

その様子《ようす》を目《め》で追《お》いつつ、アイゼンはフリーレンの背《せ》に声《こえ》をかけた。

「変《か》わったな。お前《まえ》は人《ひと》の時間《じかん》を気《き》にするような奴《やつ》じゃなかった」

ちらりとふりかえり、フリーレンがこたえた。

「だってフェルン、怒《おこ》ると怖《こわ》いんだよ」

フリーレンの変化《へんか》に感《かん》じ入《い》りつつ、アイゼンも応《おう》じた。

「そうか……気《き》をつけよう」

その日《ひ》は日《ひ》が暮《く》れるまで、森《もり》の中《なか》をさがしまわった。木《き》の根《ね》がからんだ痕跡《こんせき》のある巨大《きょだい》な岩《いわ》を持《も》ちあげたり、朽《く》ちた巨木《きょぼく》の名残《なごり》の株《かぶ》をのぞいてみたり。

夜《よる》になったから、露営《ろえい》することにして焚《た》き火《び》をし、森《もり》で集《あつ》めた食材《しょくざい》を食《た》べる。甘《あま》く熟《じゅく》した葡萄《ぶどう》がたくさん摘《つ》めたので、アイゼンの好《す》きな酸《す》っぱい葡萄《ぶどう》にフリーレンが魔法《まほう》で変《か》えた。

アイゼンは喜《よろこ》んで、フリーレンの魔法《まほう》に拍手《はくしゅ》した。フェルンは嫌《いや》そうにその葡萄《ぶどう》を食《た》べたが。

翌朝《よくあさ》、目《め》が覚《さ》めないフリーレンをフェルンが抱《かか》えて空《そら》を飛《と》ぶ。アイゼンはその下《した》の湖面《こめん》を疾走《しっそう》する。この日《ひ》も何本《なんぼん》もの巨木《きょぼく》をたずねた。しかし、違《ちが》った。

そうして数日《すうじつ》が過《す》ぎ、広大《こうだい》な森《もり》の奥《おく》の奥《おく》までたどりついた。

フェルンが空高《そらたか》く魔法《まほう》で舞《ま》いあがり、遥《はる》か彼方《かなた》まで見渡《みわた》す。

崖《がけ》の上《うえ》からやはり遠《とお》くを見渡《みわた》していたフリーレンに、フェルンが声《こえ》をかけた。

「フリーレン様《さま》。西《にし》のほうに遺跡《いせき》を呑《の》みこんだ大樹《たいじゅ》がありました。こちらです」

手《て》で方角《ほうがく》を示《しめ》す。

「わかった」

上空《じょうくう》を飛《と》んでゆくフェルンを目印《めじるし》にして、フリーレンはアイゼンと地上《ちじょう》を歩《ある》く。

森《もり》の木々《きぎ》の梢《こずえ》から木漏《こも》れ日《び》が射《さ》しこむ獣道《けものみち》だ。

フリーレンがアイゼンにたずねた。

「ねぇ、なんでフランメの手記《しゅき》なんかさがすことにしたの？」

「かわいそうだと思《おも》ってな」

「え？」

「お前《まえ》とヒンメルがかわいそうだと思《おも》ったんだ」

アイゼンが思《おも》っていたのは、ヒンメルの葬儀《そうぎ》で後悔《こうかい》の涙《なみだ》を流《なが》していたフリーレンだった。

――『人間《にんげん》の寿命《じゅみょう》は短《みじか》いってわかっていたのに……なんでもっと知《し》ろうと思《おも》わなかったんだろう』

「三十年前《さんじゅうねんまえ》のあの日《ひ》、お前《まえ》はヒンメルを知《し》っておけばと口《くち》にした。あの言葉《ことば》はヒンメルに直接伝《ちょくせつつた》えてやるべきものだ。大魔法使《だいまほうつか》いフランメの手記《しゅき》には、死者《ししゃ》と対話《たいわ》したという記録《きろく》が残《のこ》っているとされている」

「おとぎ話《ばなし》だよ。それに今《いま》さら、会《あ》いたいとは思《おも》っていない」

「どんな魔法《まほう》も初《はじ》めはおとぎ話《ばなし》だった。それにヒンメルのことを知《し》りたいんだろう？」

フリーレンは無言《むごん》で前《まえ》をむいたままだ。

「だから、ハイターと相談《そうだん》した。お前《まえ》はきっと後悔《こうかい》しているだろうから、手助《てだす》けしたかったんだ」

フェルンが見《み》つけた大樹《たいじゅ》に、三人《さんにん》は到着《とうちゃく》した。この深《ふか》い森《もり》のどの木《き》よりも巨大《きょだい》に思《おも》える。太《ふと》い幹《みき》から何本《なんぼん》もの太《ふと》い根《ね》がからみあって生《は》え、立《た》ちあがったその根《ね》が石造《いしづく》りの建築物《けんちくぶつ》のようなものを呑《の》みこんでいるのが、根《ね》と根《ね》のすき間《ま》からのぞいて見《み》えた。石《いし》は古《ふる》く、風化《ふうか》が進《すす》んでいる。

フェルンが探索結果《たんさくけっか》を説明《せつめい》した。

「フリーレン様《さま》、大樹《たいじゅ》も、遺跡《いせき》も、強力《きょうりょく》な結界《けっかい》で守《まも》られていて――」

しかし、フリーレンはすべてわかっているかのような、聞《き》いていなさそうなそぶりで、さっさと大樹《たいじゅ》に近《ちか》づいてゆく。

ためらわず、大樹《たいじゅ》の太《ふと》い根《ね》の一本《いっぽん》に片手《かたて》を触《ふ》れると、フリーレンがつぶやいた。

「千年《せんねん》も前《まえ》のことなのに、結局《けっきょく》、私《わたし》は師匠《せんせい》の手《て》のひらの上《うえ》か……」


フリーレンは千年《せんねん》ほど前《まえ》の記憶《きおく》を呼《よ》び起《お》こした。

当時《とうじ》の世《よ》の中《なか》の様子《ようす》は今《いま》とは少《すこ》し異《こと》なっていた。服装《ふくそう》も、建物《たてもの》も、人々《ひとびと》の集落《しゅうらく》の様子《ようす》も、生活《せいかつ》も。

ここにはまだ深《ふか》い森《もり》はなかった。

岩《いわ》と草《くさ》むらと林《はやし》のある人里離《ひとざとはな》れた場所《ばしょ》で、大魔法使《だいまほうつか》いフランメの住《す》む小屋《こや》がぽつんとあった。大魔法使《だいまほうつか》いフランメは、人間《にんげん》の女性《じょせい》だ。

彼女《かのじょ》はあるとき、石造《いしづく》りの小屋《こや》の裏手《うらて》にある小《ちい》さな丘《おか》に、一本《いっぽん》の苗木《なえぎ》を植《う》えた。

その場《ば》には、フリーレンも立《た》ち会《あ》っていた。

『頼《たよ》りない留守番《るすばん》だね』

ひょろひょろの苗木《なえぎ》に、フリーレンが正直《しょうじき》な感想《かんそう》を述《の》べると、フランメは言《い》った。

『そうでもねぇさ。こいつが成長《せいちょう》すれば、千年《せんねん》だろうがこの場所《ばしょ》を守《まも》り続《つづ》ける』

フランメは苗木《なえぎ》に両手《りょうて》をかざし、魔法《まほう》をかけた。

『そのころには師匠《せんせい》死《し》んでるでしょ』

フランメは立《た》ちあがり、フリーレンをふりかえる。

『だが、お前《まえ》は違《ちが》う。お前《まえ》はいつか大《おお》きな過《あやま》ちを犯《おか》し、人《ひと》を知《し》りたいと考《かんが》えるようになる』

『知《し》ってほしいの、師匠《せんせい》？　かまってちゃん？』

小首《こくび》をかしげるフリーレンの頭《あたま》を、フランメの手《て》がなでつけた。

『違《ちげ》えよ。そんときはここに帰《かえ》ってこいって言《い》ってんだ。手助《てだす》けしてやる。この大魔法使《だいまほうつか》い、フランメ様《さま》が』


そして、今《いま》――。

フリーレンが手《て》を触《ふ》れると、からみあっていた根《ね》がうねうねと動《うご》きだした。

うごめいた根《ね》は、隣《となり》の根《ね》とのからまりを自《みずか》らほどき、すき間《ま》を広《ひろ》げた。人一人《ひとひとり》が入《はい》るのに充分《じゅうぶん》な広《ひろ》さに開《ひら》いたそこには、古《ふる》びた扉《とびら》があった。

フランメの小屋《こや》の扉《とびら》だった。

扉《とびら》は自然《しぜん》と開《ひら》き、室内《しつない》には天井《てんじょう》の穴《あな》からの木漏《こも》れ日《び》が射《さ》している。

光《ひかり》の下《した》には古《ふる》い木《き》の机《つくえ》があり、その上《うえ》に本《ほん》が一冊《いっさつ》浮《う》いていた。

室内《しつない》に踏《ふ》み入《い》ったフリーレンが机《つくえ》に一歩《いっぽ》近《ちか》づくと、ぱらぱらと本《ほん》のページがひとりでにめくられ、あるページで止《と》まる。

フリーレンはその本《ほん》を、ページが開《ひら》いたまま手《て》にとった。手書《てが》きの本《ほん》だ。

後《うし》ろからアイゼンとフェルンも室内《しつない》に入《はい》ってきた。

フリーレンの背後《はいご》からフェルンが質問《しつもん》する。

「それが……フランメの手記《しゅき》……本物《ほんもの》なのでしょうか」

「本物《ほんもの》だよ」

「なぜわかるのですか？」

すると、手記《しゅき》を読《よ》みはじめたフリーレンのかわりにアイゼンがこたえた。

「フリーレンはフランメの一番弟子《いちばんでし》だ」

フェルンが考《かんが》えながらつぶやく。

「……大魔法使《だいまほうつか》いフランメって、魔法史《まほうし》に出《で》てくる大昔《おおむかし》の英雄《えいゆう》ですよね……」

アイゼンに小声《こごえ》で聞《き》く。

「……本当《ほんとう》に原始時代《げんしじだい》から生《い》きているんじゃ……」

それにはこたえず、アイゼンがフリーレンに声《こえ》をかけた。

「死者《ししゃ》との対話《たいわ》についての記述《きじゅつ》はあるか？」

手記《しゅき》に視線《しせん》を落《お》としたまま、フリーレンは言《い》った。

「ご丁寧《ていねい》に、そのページが開《ひら》かれている」

フリーレンは心《こころ》の中《なか》でつぶやいた。

（千年《せんねん》も前《まえ》から、私《わたし》がここに来《く》ることがわかっていたのか？　相変《あいか》わらず嫌味《いやみ》な奴《やつ》だ）

アイゼンにこたえるため、フリーレンは開《ひら》いたページに書《か》かれている文《ぶん》を声《こえ》に出《だ》して読《よ》んだ。

『大陸《たいりく》の遙《はる》か北《きた》の果《は》て。
この世界《せかい》の人々《ひとびと》が
天国《てんごく》と呼《よ》ぶ場所《ばしょ》、
〝魂の眠る地《オレオール》〟にたどりついた。

そこは多《おお》くの魂《たましい》が集《あつ》まる場所《ばしょ》で、
私《わたし》はかつての戦友《せんゆう》たちと対話《たいわ》した。
この世紀《せいき》の発見《はっけん》は、
魂《たましい》の研究《けんきゅう》を飛躍的《ひやくてき》に進歩《しんぽ》させるだろう』

フリーレンの肩《かた》ごしに手記《しゅき》のページをのぞきこんで、フェルンが疑問《ぎもん》を口《くち》にした。

「……真実《しんじつ》なのでしょうか」

「さぁね、いい加減《かげん》な人《ひと》だったから」

フリーレンの言葉《ことば》に対《たい》し、背後《はいご》に立《た》っていたアイゼンが言《い》いきる。

「天国《てんごく》はある。そのほうが都合《つごう》がいいだろう」

アイゼンをふりむき、フリーレンは言《い》った。

「そうだね、たまには信《しん》じてみるか」

フェルンがまた聞《き》く。

「具体的《ぐたいてき》にはどのあたりなのでしょうか」

「ちょっと待《ま》ってね……」

フリーレンはページをめくった。

「……大陸北部《たいりくほくぶ》……エンデ……」

フェルンがおどろいた。

「エンデって」

「そうだね……今《いま》は魔王城《まおうじょう》がある場所《ばしょ》だ」

「なんでそんなところに……」

するとアイゼンが呼《よ》んだ。

「フリーレン」

ふりむいたフリーレンとフェルンに、アイゼンが告《つ》げた。

「魂の眠る地《オレオール》をさがして、ヒンメルと話《はな》すんだ。俺《おれ》を手伝《てつだ》ってくれるんだろう」

少《すこ》しいたずらっぽい表情《ひょうじょう》のアイゼンに、フリーレンの表情《ひょうじょう》もほころぶ。

「……悪知恵《わるぢえ》をつけたね、アイゼン」

「ハイターのおかげだな」

フリーレンは手記《しゅき》の本《ほん》を胸《むね》に抱《かか》えた。

「……わかったよ。どうせあてのない旅《たび》だ。……でも魔王城《まおうじょう》のあたりってめちゃくちゃ寒《さむ》いんだよね……行《い》きたくないな～……」

もう、めげはじめている、とフェルンがあきれた。

三人《さんにん》は街道《かいどう》までもどり、通《とお》りかかった空《から》の荷馬車《にばしゃ》に乗《の》せてもらった。そろそろ夕方《ゆうがた》だ。

フリーレンはフェルンのほうに身《み》を預《あず》けて眠《ねむ》ってしまっている。

むかいあって座《すわ》るアイゼンにフェルンは言《い》った。

「眠《ねむ》ってしまいました」

「のんきなものだ」

フリーレンは寝言《ねごと》を言《い》っている。

「う～ん……寒《さむ》い……行《い》きたくない……」

フェルンはちょっぴりあきれた。

「うなされてる……」

そして、アイゼンに質問《しつもん》する。

「魔王城《まおうじょう》のあたりってそんなに寒《さむ》いんですか？」

「……魔王城《まおうじょう》のあるエンデは大陸《たいりく》の最北端《さいほくたん》だからな……それにあの場所《ばしょ》ではいろいろあっ

た」

「いろいろ……」

アイゼンが目《め》を閉《と》じ、だまってしまったので、フェルンは所在《しょざい》なくなった。

(なんだか気《き》まずい……そろそろフリーレン様《さま》起《お》こそうかな……)

と考《かんが》え、フェルンはフリーレンを揺《ゆ》り起《お》こした。

「フリーレン様《さま》……フリーレン様《さま》……」

「う~ん……ムニャムニャ~」

などと寝《ね》ぼけながら、フリーレンは体勢《たいせい》をくずし、フェルンの膝《ひざ》に頭《あたま》をのせてまた寝入《ねい》ってしまう。

(あ~、ダメか……)

膝枕《ひざまくら》をさせられることになったフェルンはあきらめた。

アイゼンがふいに聞《き》いた。

「……なあフェルン」

目《め》を開《あ》け、アイゼンはフリーレンに視線《しせん》をやる。

「そいつはいい師匠《ししょう》か?」

「どうでしょうか……よくわかりません」

フェルンもフリーレンにまなざしをむけ、正直《しょうじき》に語《かた》った。

「ただひたすらに魔法《まほう》を求《もと》めて旅《たび》をして、ふりまわされてばかりです。ただ……ヒンメル様《さま》たちを知《し》ろうとすることには興味《きょうみ》があるようですが……もしかしたら私《わたし》にはあまり興味《きょうみ》がないのかもしれません。フリーレン様《さま》が私《わたし》を弟子《でし》にしたのは……ハイター様《さま》との約束《やくそく》にすぎませんから」

「……そうか」

「ですが、とても不思議《ふしぎ》な人《ひと》なんです。旅《たび》を始《はじ》めてからは……誕生日《たんじょうび》にプレゼントをくれるようになったんです。いつもは興味《きょうみ》なさそうなのに……何《なに》を考《かんが》えているのでしょうね……とても不思議《ふしぎ》です」

小《ちい》さく微笑《ほほえ》みを浮《う》かべてフリーレンについて語《かた》るフェルンを見《み》て、アイゼンは記憶《きおく》をよみがえらせた。

昔《むかし》、魔王討伐《まおうとうばつ》の旅《たび》から帰《かえ》ってきて、その夜《よる》に王都《おうと》の広場《ひろば》で半世紀流星《エーラりゅうせい》を見《み》たときのことを。

今後《こんご》について、ヒンメルがフリーレンに聞《き》いた。

『……フリーレン、君《きみ》は王都《おうと》には残《のこ》らないのか？』

『旅《たび》を続《つづ》けるよ』

流星《りゅうせい》を見《み》あげたまま、フリーレンがこたえる。

『一人《ひとり》でか？』

『気楽《きらく》でいいでしょ』

旅《たび》をするなら、とアイゼンもフリーレンに聞《き》いた。

『弟子《でし》をとったりはしないのか？　旅《たび》は話《はな》し相手《あいて》がいたほうがいい』

『時間《じかん》の無駄《むだ》だからね。いろいろ教《おし》えてもすぐ死《し》んじゃうでしょ』

やれやれ、とアイゼンはうつむいた。ヒンメル、ハイターも同《おな》じだ。

アイゼンはフリーレンを諭《さと》した。

『フリーレン、人《ひと》との関係《かんけい》はそういうものじゃない』

けれどフリーレンは流星《りゅうせい》を見《み》ながらたんたんと言《い》うばかりだ。

『そういうものだよ。みんなとの冒険《ぼうけん》だって、私《わたし》の人生《じんせい》の百分《ひゃくぶん》の一《いち》にも満《み》たない。アイゼンならわかるでしょ？』

『俺《おれ》は……』

言葉《ことば》に詰《つ》まったアイゼンに、雰囲気《ふんいき》を変《か》えようとして、ハイターがジョッキをかかげておどけた。

『はいはい、暗《くら》い話《はなし》はなし！　今日《きょう》はめでたい日《ひ》なんですからね。飲《の》みましょう！』

ヒンメルがハイターの首《くび》に腕《うで》を回《まわ》して引《ひ》きよせる。

『酒《さけ》を飲《の》む理由《りゆう》が欲《ほ》しいだけだろう？』

『バレましたか』

アイゼンもツッコむ。

『お前《まえ》はいつも飲《の》んでるだろうが』

フリーレンまでもが追《お》い打《う》ちをかける。

『この生臭坊主《なまぐさぼうず》』

ハイターは笑《わら》った。

『はっはっは……』

アイゼンは静《しず》かに目《め》を閉《と》じ、フェルンに告《つ》げた。

「……フェルン……そいつはいい師匠《ししょう》だ」

「そうですね」


アイゼンの小屋《こや》から、フリーレンとフェルンの二人《ふたり》はまた旅《たび》に出《で》る。

昼近《ひるちか》く、小屋《こや》の前《まえ》の木漏《こも》れ日《び》の下《した》で、アイゼンは二人《ふたり》に別《わか》れを告《つ》げた。

フリーレンが確《たし》かめる。

「アイゼン、本当《ほんとう》についてこないの？」

「ああ。前《まえ》にも言《い》っただろう、俺《おれ》はもう足手《あしで》まといだ」

「……そっか」

次《つぎ》はアイゼンがフリーレンに確《たし》かめた。

「エンデまでの道《みち》のりは覚《おぼ》えているな」

「うん、まずはヴィレ地方《ちほう》、リーゲル渓谷《きょうこく》を抜《ぬ》けて、北側諸国《きたがわしょこく》の関所《せきしょ》だね」

あっさりとフリーレンが歩《ある》きだす。

その背《せ》にアイゼンは語《かた》りかけた。

「すまんな。長《なが》い旅路《たびじ》になる。勇者《おれ》一行《たち》は十年《じゅうねん》かかった」

まだ歩《ある》きださず、アイゼンを見《み》ていたフェルンが、ハッとしたように言《い》った。

「……そうか……ヒンメル様《さま》たちが魔王城《まおうじょう》を目指《めざ》した道《みち》のりと同《おな》じなんですね」

足《あし》を止《と》め、一瞬《いっしゅん》空《そら》を見《み》あげたフリーレンがフェルンをふりむく。

「そうだね。たった十年《じゅうねん》の冒険《ぼうけん》だよ」

少《すこ》し沈黙《ちんもく》したあと、アイゼンがこう言《い》った。

「……百分《ひゃくぶん》の一《いち》か」

ヒンメルたちと王都《おうと》で半世紀流星《エーラりゅうせい》を見《み》たとき、フリーレンが言《い》った言葉《ことば》を思《おも》い出《だ》していた。

——『みんなとの冒険《ぼうけん》だって、私《わたし》の人生《じんせい》の百分《ひゃくぶん》の一《いち》にも満《み》たない』
フリーレンも思《おも》い出《だ》したようだ。
「そんなことも言《い》ったっけね」

アイゼンはフッと笑《わら》い、しみじみと口《くち》にした。

「おもしろいものだな」

「何《なに》が？」

と首《くび》をかしげるフリーレンにアイゼンはこたえた。

「その百分《ひゃくぶん》の一《いち》が、お前《まえ》を変《か》えたんだ」

フリーレンがまなざしを遠《とお》くに投《な》げた。過去《かこ》を思《おも》い出《だ》すかのように。

アイゼンはフリーレンに別《わか》れを告《つ》げた。

「じゃあ、またな」

フリーレンがアイゼンに視線《しせん》をもどす。

「うん、また」

そう言《い》って歩《ある》きだしたフリーレンの背《せ》を追《お》って、フェルンも歩《ある》きだす。

アイゼンの小屋《こや》から森《もり》の中《なか》の道《みち》を進《すす》み、フリーレンに追《お》いついたフェルンは告《つ》げた。

「……私《わたし》の人生《じんせい》では二分《にぶん》の一《いち》ですから」

何《なに》が、と聞《き》きたげに顔《かお》をむけるフリーレンに、フェルンは言《い》う。

「フリーレン様《さま》と過《す》ごした時間《じかん》です」

フリーレンが表情《ひょうじょう》をやわらかくし、こたえた。

「これからもっと多《おお》くなるよ」

木漏《こも》れ日《び》で暖《あたた》められた森《もり》の中《なか》の下《くだ》り坂《ざか》を、二人《ふたり》は並《なら》んで歩《ある》いてゆく。

《2巻《かん》につづく》

Shogakukan Junior Bunko

★小学館ジュニア文庫★

小説 アニメ 葬送のフリーレン 1

2025年 2 月26日 初版第 1 刷発行

著／時海結以
原作／山田鐘人・アベツカサ
脚本／鈴木智尋

発行人／畑中雅美
編集人／杉浦宏依

発行所／株式会社 小学館
〒101-8001 東京都千代田区一ツ橋２－３－１
電話／編集 03-3230-5105
販売 03-5281-3555

印刷・製本／中央精版印刷株式会社

デザイン／石沢将人＋ベイブリッジ・スタジオ

Printed in Japan　ISBN 978-4-09-231502-0